La bibliothèque Gallimard

Sources des illustrations
Couverture : d'après Ph. © P. Jacob / Rapho.
7 : Ph. / Coll. *Cahiers du Cinéma*. 8 : © Coll. Viollet. 9 : © Éditions Gallimard. 11 : Ph. Bénédicte Parfait © Éditions Gallimard. 66 : © Éditions Gallimard. 68 : Bibliothèque nationale de France, Paris – Ph. © Coll. Viollet. 73 : © Patrick Zachmann / Magnum. 132 : © *Le Parisien*, 24/08/96. 173 : © A. Van der Stegen / Editing. 191 : Ph. © Roger-Viollet.

Thierry Jonquet

La bête et la belle

Lecture accompagnée par
Michel Besnier
professeur de lettres modernes
en lycée à Paris

La bibliothèque Gallimard

Florilège

« Le CES de préfabriqué, le Centre Culturel désert, la Cafétéria du supermarché squattée par des loubards désœuvrés, les bandes de gosses jouant au foot dans les parkings souterrains : un mauvais cliché. »

« Des de mon acabit, on n'en fabrique plus. Et c'est dommage, parce que le monde est sur une sale pente… »

« Un vautour de la Crise. »

« Minable, la belle Irène disait que j'étais un minable, Vieux Léon, mais c'est fini, on va être bien, tous les deux, sans elle. »

« Oh, bien sûr la vie à Altay n'est pas très joyeuse, nous sommes coincés entre le collège et l'usine Citroën, mais il y a pire. »

« Gabelou avait secoué la tête, en songeant que ce n'était pas avec une horreur pareille que les gosses, une fois adultes, pourraient sombrer dans des nostalgies d'enfance… »

« Fais-moi penser à acheter des clous, il faut étayer un peu dans le couloir, sinon, tout va s'effondrer. »

« Le Chat Botté fut capturé par les rabatteurs d'un laboratoire pharmaceutique où l'on pratique la vivisection… »

« Monde de sauvages. »

« Je suis plus très adapté à toutes ces singeries. »

Ouvertures

Le polar : question de « genre »

Un genre mineur ?

Le roman de Thierry Jonquet, *La Bête et la Belle*, est paru en 1985 dans la Série Noire aux Éditions Gallimard. Il eut l'honneur de porter le numéro 2000 de la fameuse collection, créée en 1945 par Marcel Duhamel. Nul besoin de faire appel à un détective privé ni à un institut de sondages pour vérifier cette intuition : les romans de la Série Noire ne figurent pas parmi ceux que l'on étudie le plus au lycée. Ces livres à couverture noire et jaune, couleurs de la salamandre, sentiraient-ils le feu ou le soufre ? Penserait-on encore qu'ils relèvent d'une sous-littérature ou d'une para-littérature ? Il y a pourtant plus de soixante ans, un écrivain comme Claude Aveline affirmait déjà qu'il n'y avait pas de littérature mineure.

Si le préjugé attaché au roman policier a régressé, la réticence à l'étudier, à l'intégrer aux programmes scolaires demeure. On connaît cependant le rôle fondateur d'Edgar Poe ; on sait que des écrivains reconnus comme tels (Georges Bernanos, Boris Vian, Pierre Mac Orlan, Jacques Laurent) se sont essayés au genre ; que d'autres (Alain Robbe-Grillet, Umberto Eco, Michel Butor) l'ont utilisé ; que beaucoup d'autres encore en ont été de fervents lecteurs. Ces références ou cautions intellectuelles ne sont pourtant pas la meilleure défense du roman policier, qui tient sa justification de lui-même et de ses lecteurs. Elles auraient simplement pu inciter les réticents à plus de curiosité, mais les archaïques hiérarchies ont la vie dure.

Une littérature classique ?

Dans *Les Mots*, Jean-Paul Sartre adresse à la Série Noire un éloge empoisonné. Il avance, sous forme d'aveu, qu'un livre de cette collection lui donne plus de plaisir qu'une œuvre du philosophe Wittgenstein. Appréciable reconnaissance certes, mais qui perpétue la conception de deux lectures opposées, la lecture-culture et la lecture-plaisir. L'adulte Sartre continue à mener la double vie culturelle de son enfance : d'un côté les livres sérieux à dos de cuir, de l'autre les fascicules populaires et divertissants, la transgression.

L'éloge du roman policier par Borges s'avère plus intéressant. Cet admirateur d'Edgar Poe pense que le roman policier a créé un type nouveau de lecteur, le « lecteur incrédule », le lecteur soupçonneux, méfiant. Et il voit dans ce genre comme la préservation du roman : « À notre époque si chaotique, une chose, modestement, a gardé ses vertus classiques : c'est le roman policier. On ne conçoit pas, en effet, un roman policier qui n'ait pas un commencement, un milieu et une fin. »

Nous ne nous engagerons pas sur le terrain des débats d'appellation : roman policier, thriller, polar, néopolar, roman noir... Les diverses étiquettes rattachées au genre ont accompagné et révélé les évolutions survenues dans cette famille de romans. Comme son cousin le roman de science-fiction, le roman policier s'est émancipé de son modèle originel, le roman-problème (crime-enquête-élucidation*), par nécessité d'innovation, mais aussi par réceptivité aux mutations sociales, technologiques et idéologiques. Cependant, il demeure un noyau qui constitue l'identité d'une littérature tenant à sa « manière noire ». Les titres suffiraient à donner l'idée d'un univers grinçant, violent, dur. Comme le dit excellemment l'écrivain Jean-Patrick Manchette, le roman policier a toujours pour sujet le « négatif social ». S'ajoute à cela la pratique éditoriale de collections typées, identifiables à leur paratexte (couleur, thématique de l'illustration, graphisme, quatrième de couverture).

* Les mots signalés par un astérisque sont définis dans le glossaire.

Avec modestie, lucidité ou cynisme, le roman policier s'assume donc comme... produit. Cela implique une attente particulière de la part du « consommateur », qui sait dans quelle partie du paysage littéraire il s'aventure. Il en attend un mélange de connu et d'inconnu, de modernité et de tradition. Modernité liée à une préoccupation réaliste, tradition liée à une préoccupation romanesque. À certains égards, cette littérature fait figure de sanctuaire, mais d'un sanctuaire en constant réaménagement.

Thierry Jonquet, l'auteur

Thierry Jonquet appartient à cette génération d'auteurs français de romans noirs nés après la Seconde Guerre mondiale, alors que les États-Unis diffusaient leur cinéma, leur musique, leur littérature. En 1954, année de sa naissance, Georges Simenon avait cinquante et un ans, Jean-Patrick Manchette en avait douze. La Série Noire avait déjà publié 250 titres.

Dans *Les Temps modernes* (août-octobre 1997), Thierry Jonquet livre de précieux renseignements sur son parcours. Il demeure discret sur son enfance, marquée par le cinéma, un cinéma évoquant la guerre dans sa version hollywoodienne ; marquée aussi par les livres qu'il a lus dans une bibliothèque municipale parisienne, et notamment par *Quand les Alliés ouvrirent les portes*, dans lequel il découvre l'innommable des camps de concentration... Il en dit par contre davantage sur une expérience professionnelle dont on comprend qu'elle a été décisive. Ergothérapeute dans un centre de gériatrie – « camp de concentration pour vieillards » –, il travaille ensuite dans un centre de psychiatrie puis dans un hôpital où l'on rééduque des bébés atteints de malformation congénitale. Après les enfants infirmes, il connaît les « enfants fous » d'un service de neuropsychiatrie et ceux d'une section d'« Éducation spécialisée » de banlieue, avant de fréquenter les adolescents de l'« Éducation surveillée ».

Tous ces métiers l'ont mis en contact avec les « éclopés de la vie » et les marginaux, les monstruosités physiques et psychiques et la monstruosité sociale qui les produit et ne sait pas les gérer. Quand Thierry Jonquet découvrit – plutôt tardivement – les romans noirs et la série de même couleur, il put faire le lien entre la violence du réel et la violence littéraire. Il commençe alors à écrire pour raconter l'horreur de l'hôpital et pour rendre hommage à un vieux copain de travail, « vieux prolo autodidacte qui avait lu Trotski, Aragon, Céline… et Dashiell Hammett ».

Depuis, il n'a cessé de dire ce qui le révolte et le dégoûte dans le monde réel : la barbarie et la bêtise. Outre ses expériences professionnelles, son œuvre se nourrit des faits divers et de l'actualité politique : les paysans polonais cherchant des résidus d'or sur les lieux des camps de concentration (*Les Orpailleurs*), l'invasion de l'Afghanistan (*URSS go home*), le passé d'un dirigeant communiste (*Du passé faisons table rase*), l'abbé Pierre et la récupération de la charité (*Le pauvre nouveau est arrivé*)… Avec une écriture rigoureuse, âpre, Thierry Jonquet fait varier le dosage entre éléments du roman policier classique, reposant sur une enquête, et éléments du roman noir, reposant sur l'exploration d'une réalité dure.

La Bête et la Belle : du rose au noir

Dans *La Bête et la Belle*, on retrouve l'intérêt – peut-être le goût – de Thierry Jonquet pour « ce qui ne marche pas » dans le réel. Alors que dans *La vie de ma mère !* on voit une « classe dépotoir » côté élèves, on la voit ici côté professeur. La jubilation du verlan en moins, la réalité apparaît encore plus dure. Le Coupable est un enseignant frustré tant dans sa vie professionnelle que sentimentale. Économies, heures supplémentaires, achats à la Camif, existence grise comme la blouse. Une seule amitié, celle de Léon ; une seule passion, celle des trains électriques. Et puis c'est la vie qui déraille. Il accumule dans son appartement des sacs de détritus pour cacher le congélateur où… Mais l'enjeu du livre ne réside pas seulement dans l'analyse d'un cas psychologique et sociologique,

Jean Marais incarnait la Bête dans le film *La Belle et la Bête* de Jean Cocteau (1945).

même si elle est pertinente et cruelle. *La Bête et la Belle* est aussi un jeu avec des formes littéraires préexistantes, jeu indiqué par le titre même.

Par inversion des substantifs, Thierry Jonquet reprend et pervertit le titre du film de Jean Cocteau (1945) – comme le fait également Bruce Mayence avec *Le Belge et la Bête* (1997) dans la collection Le Poulpe. Cocteau lui-même s'était inspiré d'un conte de Jeanne-Marie Leprince de Beaumont (1711-1780) ; il est plus qu'amusant de savoir qu'il avait lu cette histoire dans la Bibliothèque Rose. Ainsi, le conte est passé du rose au noir, changement de couleur hautement symbolique. De façon explicite, Thierry Jonquet se réfère à l'univers des contes de fées pour s'en démarquer et écrire un anticonte en rejetant idéalisme et happy end. Mais la relation entre roman noir et conte de fées est plus complexe. D'autres auteurs ont fait allusion, dans leurs titres, à cette littérature apparemment aux antipodes : Adam Saint-Moore avec *Une petite fée dans la nuit* (1982), Daniel Pennac avec *Au bonheur des ogres* (1985) et *La Fée carabine* (1987), Sébastien Japrisot avec *Piège pour Cendrillon* (1983). Plus anciennement, une partie du roman de Pierre Véry, *L'Assassinat du Père Noël*, ne s'intitulait-elle pas « La nuit de Cendrillon » ?

Par-delà l'opposition, la subversion ou la parodie* s'expriment ainsi un attrait et une parenté. Car l'auteur d'un roman policier ou noir partage avec l'auteur d'un conte la nécessité de capter et de conserver l'intérêt, l'attention du lecteur. Le contrat implicite passé entre l'auteur et le lecteur est l'interdiction de l'ennui, l'obligation de l'efficacité narrative. Le roman moderne, dans ses recherches légitimes, a pris le risque de s'éloigner de ce contrat, tandis que le roman policier ou noir a tenu à le respecter, pour conserver le simple plaisir de suivre une « histoire ». Pierre Véry affirmait : « Je voudrais que mes romans policiers soient des contes de fées pour grande personne. » Cette idée est partagée par Jean Giono en tant que lecteur : « La Série Noire, ce sont nos contes de fées. » Dans *La Bête et la Belle*, Thierry Jonquet ne se contente pas de s'opposer au conte : il le récupère, l'utilise, le met au nombre de ses stratagèmes.

Le film de Cocteau fut tourné dans le château de Raray dont on voit ici la colonnade. Chasse à courre et princesse n'ont rien à voir avec HLM et commissariats. Les lieux peuvent orienter l'imaginaire : comparez cette photo avec celle de la page 173.

Jean-Claude Claeys a signé l'illustration de cette couverture (collection « Chase » des Éditions Gallimard, 1954). Le visage féminin et le titre orientent l'interprétation polysémique du mot « belle ».

Par sa structure même, le titre de Thierry Jonquet fait aussi écho à un autre titre de la Série Noire, *Une manche et la belle* de James Hadley Chase (1954), et suggère ainsi un jeu possible sur les différents sens de « belle » : jolie femme, partie supplémentaire au jeu pour désigner un vainqueur, ou évasion. Comme avec les contes de fées, Thierry Jonquet se livre, en matière de roman policier, à un jeu subtil de démarcation et d'utilisation, de référence et d'irrévérence. L'un des plaisirs procurés par *La Bête et la Belle* réside dans cette association de fidélités et d'infidélités au genre. Nous ne révélerons pas les astuces de Thierry Jonquet, puisque la technique est intimement liée à la gestion de l'intrigue*. Au lecteur d'en savourer le caractère savant, pervers, diabolique.

Offrant à la fois une histoire, un regard aigu sur des réalités contemporaines et un jeu littéraire, *La Bête et la Belle* a tout pour séduire les lecteurs. Mais laissons la parole à Thierry Jonquet.

Et puis soudain ça craque...

« *Quels sont les éléments constitutifs du roman noir ?*
Avant tout, la violence. Le roman noir traite de la violence, il en fait un objet d'étude. Que ce soit la violence exercée d'un individu sur un autre, d'un individu contre la société, et bien plus souvent, l'inverse...

Se caractérise-t-il aussi par une technique ?
C'est surtout le roman policier classique qui se caractérise par une technique narrative particulière. Par définition, l'auteur sait qui a tué et le dissimule à son lecteur, même s'il lui laisse s'approprier quelques indices*. Le roman noir n'y est pas tenu. Dans *La Bête et la Belle*, je me suis livré à un jeu sur les codes du roman policier classique. Le coupable est connu, identifié dès la première page. Par contre, on ne sait pas exactement de quoi il s'est rendu coupable. Cela dit, on peut aussi brouiller les cartes entre roman policier et roman noir. Mon dernier roman à la Série Noire, *Moloch*, est un pur roman policier. On cherche qui a tué. Mais dans la foulée, les personnages sont confrontés à une réflexion sur la violence qui s'exerce à l'échelle planétaire envers les enfants, hors intrigue*.

À l'origine de La Bête et la Belle, *il y a un fait divers ?*
Oui, un couple d'employés de banque qui menaient une vie sociale parfaitement normale, mais qui, dans la sphère privée, vivaient dans un véritable enfer d'entassement d'ordures. Presque tous mes romans sont issus de faits divers authentiques. Il faut entendre fait divers au sens large. En l'occurrence, une conduite déviante par rapport à une norme communément admise : un dysfonctionnement, une pathologie. Pas forcément un meurtre.

Que faut-il pour qu'un fait divers vous intéresse ?
Ce qui me fascine, c'est la dissimulation. Prenons l'exemple de cet enfant martyr, révélé par la presse il y a deux ans. L'histoire se passe dans un village des Vosges. Le pauvre gamin est horriblement torturé par

toute une fratrie de dégénérés, au vu et au su de toute la communauté villageoise, des années durant. Tout le monde se tait, par lâcheté, ou par indifférence. Mais pour que le crime parvienne jusqu'aux oreilles des autorités, des institutions, il faut un concours de circonstances extraordinaire. Le vernis du silence, de la complicité, se craquelle. La vérité sort du puits, hideuse.

On dit souvent que le roman noir bannit la psychologie. Ce ne semble pas s'appliquer à vos romans…
Cette idée résulte d'une simplification excessive. Il est vrai qu'il y a eu une "école behaviouriste" principalement américaine : on ne percevait la psychologie des personnages que par le biais de leur comportement, jamais par une plongée "à l'intérieur de leur tête". Ce n'est en aucune façon une loi. Pour reprendre l'exemple de *Moloch*, un des personnages explique les raisons de ses actes devant… un psychanalyste !

« Je suis un soixante-huitard attardé et pas vraiment tenté par le renoncement. »

Le philosophe François Dagognet vient de publier Des détritus, des déchets, de l'abject. *Cela devrait vous intéresser ?*
Par rapport à *La Bête et la Belle*, évidemment ! Dans ce roman, les détritus sont une métaphore sur le fonctionnement de l'inconscient. Le Coupable entasse ses ordures – au sens "propre" du terme – tant qu'il peut. Et puis soudain ça craque, ça se répand… dans son appartement comme dans sa tête.

S'agit-il chez vous de répulsion ou de fascination ?
Les deux, mon capitaine ! Il se trouve que dans mon histoire personnelle, je veux dire professionnelle, j'ai passé un peu plus de dix ans à travailler auprès des marginaux, des laissés-pour-compte, à plusieurs titres. En psychiatrie, en gériatrie, auprès des enfants infirmes, des ados délinquants, etc. Au bout du compte, ils sont réapparus dans mes romans, sous une forme ou sous une autre. La confrontation avec la souffrance, la déglingue, la folie m'a beaucoup marqué…

Le roman noir est-il un refuge du réalisme ?
Peut-être au sens de refuge de montagne, en réaction à une littérature "blanche" très nombriliste. Mais le roman noir, par l'excès des situations qu'il met en scène, peut aussi verser jusqu'aux confins du fantastique. Pas si simple…

Que pensez-vous du principe des collections spécialisées dans le roman noir ?
C'est un usage qui, d'un côté, constitue un repère pour les amateurs de cette littérature. D'un autre côté, l'effet de couverture éloigne tout un public potentiel. Beaucoup de gens vont, par exemple, lire Manchette (ou Jonquet !) en Folio, mais n'ouvriront jamais une Série Noire, parce qu'ils sont persuadés qu'ils vont y découvrir des histoires de voyous, de braquages de banque ou de poursuites en voiture… D'un "polar" qui présente de réelles qualités "littéraires", on dira : "Ah oui, mais c'est

plus qu'un polar…" À l'inverse, d'un roman "blanc" qui se lit d'une traite, qui ne lâche pas le lecteur, qui le capte, qui le captive, qui le retient prisonnier, page après page, on dira "qu'il se lit comme un polar" ! Aujourd'hui, les frontières se brouillent, s'estompent. Les blancs passent chez les noirs, les noirs passent chez les blancs. Espérons que tout cela ne finisse pas dans la grisaille…

Quelles sont vos références en matière de roman noir ?
Pour aller vite, Sébastien Japrisot chez les Français. Ses constructions abstraites, rigoureuses, implacablement rationnelles et pourtant totalement folles, me laissent admiratif. Japrisot est sans doute un joueur d'échecs très doué. Chez les Américains, Jim Thompson. Son œuvre réunit une collection de monstres, de pervers, d'asociaux qui se dressent contre l'Ordre avec sauvagerie et qui, souvent, ont, hélas, raison de le faire.

Et hors roman noir ?
Si je jette un rapide coup d'œil sur ma bibliothèque, les premiers titres qu'il me faudrait citer, en vrac, sont *Cent ans de solitude*, *Le Procès*, *La vie mode d'emploi*, *Le Requiem des innocents*, *Belle du Seigneur*… García Márquez, Kafka, Perec, Calaferte, Cohen… j'ai des goûts très éclectiques.

Quel avenir voyez-vous pour le roman noir ?
Radieux. Je suis un soixante-huitard attardé et pas vraiment tenté par le renoncement. Un des slogans qui m'a le plus marqué à l'époque était "Socialisme ou Barbarie". Le socialisme nous a posé un beau lapin. Soit. Mais la barbarie, elle, est bien au rendez-vous. Maladie de la vache folle, sang contaminé, purification ethnique… le choix est vaste. Le roman noir est le fidèle compagnon de la barbarie. Il la courtise. Elle minaude mais se laisse séduire. Ils ont un joli bout de chemin à parcourir ensemble. Si je n'étais pas si modeste, je dirais que j'ai l'ambition de

faire carrière, et que dans les décennies qui viennent, les munitions ne vont pas manquer. »

Entretien avec Thierry Jonquet, le 12 mars 1998.

Remarque – Nous appellerons « séquences » les unités délimitées par l'auteur lui-même au moyen d'un losange (♦). Nous vous conseillons de les numéroter en cours de lecture puisque c'est ainsi que nous nous y référerons dans chaque partie : « La Bête », séquence 3, ou « La Belle », séquence 5.

Pour Solange

Il était une fois, dans une forêt profonde, un palais merveilleux où vivait une Bête, amoureuse d'une Belle. Et ce palais, le plus merveilleux qu'on puisse imaginer…

H-A-L-T-E !!!

… ça ne s'est pas ex-ac-te-ment passé comme dans l'histoire. Pas du tout, même !

Il y a bien :

– 1) une Bête.

– 2) un Palais.

– 3) une Belle…

Mais des trains sillonnent la forêt, arasent les collines, éventrent les sous-bois. La Belle minaude, la Bête ricane. Le Palais ? Ah, n'en parlons pas !

Tout était là pour réussir un joli conte. Seulement voilà : on s'est emmêlé les pieds en rajoutant un petit page, une sorcière et un boucher ! Quand ce n'est pas la grève, la Fée Électricité illumine le Palais. La Belle cotise à la Sécu, et la Bête ferait bien de s'inscrire à la SPA.

Tout fout le camp.

LA BÊTE

10 janvier…

Les cordes crissaient sur le bois du petit cercueil. Les deux employés municipaux se tenaient de chaque côté de la fosse et hissaient la charge en cadence. Après deux ou trois mouvements, le cercueil fut posé sur le sol, près de la plaque tombale de granit.

– Alors ? demanda l'un des employés.

Il s'essuya le front du revers de la manche, rejetant sa casquette en arrière.

Roland Gabelou eut un instant de passage à vide. Il ne regardait pas la tombe ouverte, la terre remuée, ni les croix des autres sépultures alentour. Le cimetière était minuscule, situé sur la falaise, et dominait la mer. Gabelou observait la houle, le vol des mouettes au-dessus des vagues ; il humait l'odeur du large.

– Alors, commissaire ? insista celui des employés qui semblait être le chef.

Gabelou se retourna. Le médecin légiste était resté au chaud dans sa voiture, à l'entrée du cimetière. Gabelou lui fit signe de venir. Puis il s'adressa à l'adjudant de gendarmerie qui avait lui aussi assisté à l'ouverture de la tombe.

– Mettez-le là-bas…, dit le gendarme en désignant un appentis de brique rouge, construit contre le mur d'enceinte qui séparait les sépultures des premières maisons du village.

C'était une espèce de cabane rudimentaire dans laquelle les employés de la voirie rangeaient leurs outils.

Les deux fossoyeurs posèrent le cercueil sur une grosse brouette et poussèrent le tout vers la cabane. La roue de la brouette, cerclée de fer à demi rouillé, grinçait sur le gravier. Dans les allées, l'herbe était encore couverte de gelée blanche.

Le médecin légiste attendait, les mains frileusement enfoncées dans les poches de son pardessus. Il était venu de Paris en voiture avec Gabelou, mais, durant les trois heures du voyage, c'est tout juste s'ils avaient échangé deux mots.

Les fossoyeurs installèrent le cercueil sur deux tréteaux et commencèrent à dévisser le couvercle. Gabelou s'adressa alors à un jeune homme, qui attendait en compagnie de l'adjudant de gendarmerie.

– Vous insistez vraiment pour rester ? demanda-t-il.

Le jeune homme hocha la tête. Pour lui, cette matinée tournait à l'épreuve… Âgé d'à peine vingt ans, il était le frère de la victime. « Ne dites pas victime, on n'en sait rien… », avait grogné Gabelou lorsqu'il s'était présenté à son bureau, la veille.

– Oui…, répondit le jeune homme, je veux rester.

Gabelou haussa les épaules. Il se doutait que les parents faisaient pression sur lui pour qu'il soit là. Eux n'en auraient jamais eu le cran.

– Je vous préviens…, soupira Gabelou, ça risque d'être dégueulasse !

– Non…, murmura le médecin légiste. Il y a moins d'un mois, le cercueil est de bonne qualité, et regardez la terre : ce n'est pas de la glaise, mais c'est quand même assez étanche…

– Ah ? fit bêtement le jeune homme en déglutissant bruyamment.

Et puis il y avait l'autre. L'Emmerdeur. Il était resté à l'entrée du cimetière et se réchauffait en sautillant sur place. Gabelou s'énerva en le voyant, mais il n'y avait rien à faire. Une sangsue. Qu'est-ce qu'il croyait ? songea Gabelou. Qu'on allait faire semblant, ouvrir un autre cercueil ? Et il avait amené avec lui quelques journalistes. Oh, pas la crème, bien entendu : de vagues plumitifs de ces torchons qui font leur beurre sur la fesse macabre… Deux ou trois photographes battaient la semelle devant les grilles, fermées et gardées par des gendarmes. Et, inévitablement, la présence des voitures, les appareils photo commencèrent à attirer les villageois. Les gosses, d'abord : c'était mercredi. Puis quelques mémés et enfin le boulanger, qui faisait sa tournée dans une fourgonnette, le boucher idem… Les regards étaient hostiles – ce n'est pas très chrétien d'aller ouvrir une tombe – mais tout le monde se tenait tranquille.

L'Emmerdeur discutait avec un gendarme. Gabelou avait été très ferme. Pas question de le laisser entrer. On lui remettrait un double du rapport d'autopsie, à la rigueur, mais pas plus…

◆

Le jeune homme quitta précipitamment l'appentis. Son teint avait viré au vert, et il disparut derrière un tas de planches couvertes de neige, pour vomir.

– Et voilà…, marmonna Gabelou.

Le médecin légiste avait tombé le pardessus, la veste, et travaillait les manches de chemise retroussées, les mains protégées par des gants de caoutchouc ultra-fin.

– Alors ? demanda Gabelou.

– Alors, rien… ils ont fait embaumer le gosse. Même s'il y avait eu quelque chose, ce serait coton de trouver, maintenant !

– Violences sexuelles ?

– Néant. Le collègue qui a signé le permis d'inhumer avait vérifié, à tout hasard. Eh, regardez ce boulot…

Gabelou se pencha au-dessus du cercueil. Le visage de l'enfant n'était absolument pas détérioré, la peau semblait encore bien élastique. Les cheveux avaient continué de pousser après la mort et la petite face livide était nappée d'un nuage blond. Par chance on avait habillé le cadavre d'une simple chemise de nuit à dentelles, ce qui facilitait le travail. En retroussant le tissu, le médecin examinait la peau du torse, légèrement parcheminée ; il secoua la tête.

– Rien ? insista Gabelou.

– Non, enfin, si, il y a la marque à la fesse droite, mais c'était dans le premier rapport. C'est quand il a glissé sur le marchepied, avant de basculer dans le vide.

– Mais ça pourrait être un coup de pied ?

– Il faudrait qu'on ait tapé très fort…

Il souleva le cadavre sur le côté, et Gabelou put distinguer une tache plus sombre parmi les marbrures qui parsemaient toute la peau du dos et des membres inférieurs. Puis il le reposa. Gabelou observa le visage, les yeux clos, l'expression sereine. Le légiste tapota sur la joue.

– Beau boulot, la restauration, hein ? Ils ont mis des contreforts de caoutchouc : ça donne de la rondeur…

– Et ça ? demanda Gabelou, en désignant, sur la peau des épaules, deux stries, une à droite, une à gauche, qui barraient perpendiculairement la clavicule.

À cet endroit, l'épiderme était brunâtre et se craquelait nettement.

– Ce n'est rien, c'était aussi dans le premier rapport. Ce sont les bretelles du cartable : il le portait sur le dos, comme un sac, et, quand il a glissé du marchepied, le cartable s'est pris dans un renfoncement de la porte, ça a tiré un coup sec, à soixante à l'heure, c'est déjà pas mal. Une ecchymose, bien nette… Vous croyez que ça vaut le coup de continuer ?

Il avait soulevé la tête, avec délicatesse, et déplaçait du plat de la main la masse des cheveux, pour faire apparaître l'énorme trou, en arrière du crâne. Là encore, le thanatopracteur s'était donné bien du mal. Une grosse balle de mousse enfoncée à l'intérieur de la boîte crânienne évidée restituait le volume normal, remplaçant tout l'occipital, et même une partie des pariétaux, fracassés lors de la chute, arrachés par le pylône.

– Bon, on arrête les frais…, dit enfin Gabelou.

Le légiste remit tout en place, puis se lava les mains à un robinet d'eau glacée en grimaçant. Un petit courant d'air fit voleter des embruns de mousse de savon jusqu'au couvercle du cercueil que, déjà, les deux fossoyeurs revissaient.

♦

Le jeune homme attendait au-dehors. Il eut un regard interrogatif vers Gabelou, qui secoua la tête. Non… il n'y avait rien de nouveau.

– Dites à vos parents d'oublier tout cela… ils se tourmentent pour rien. Il a glissé du marchepied du train, c'est tout. Un accident de gosse, c'est triste, mais on pourrait rouvrir le cercueil cent fois de suite, on ne trouverait rien, et ça ne ferait pas revivre le petit, hein ? Vous rentrez tout de suite à Paris ?

– Non, pas aujourd'hui, je passe la nuit, ici, chez la grand-tante.

Gabelou le vit s'éloigner, les épaules voûtées. Il le plaignit. La tactique de la Compagnie paraissait cousue de fil blanc : l'Emmerdeur, qui n'avait rien trouvé à propos du Commis-Boucher, ou de la Vieille, s'acharnait en désespoir de cause sur la famille du Gamin. Des gens assez modestes : le père était contremaître à l'usine Citroën. Quand l'Emmerdeur était arrivé, on l'avait regardé en biais. Puis on s'était mis à réfléchir... Oh, la somme qu'il proposait n'était pas mirobolante, mais il avait fallu payer toutes les fournitures scolaires pour les deux sœurs, une boîte d'outils neufs pour le frère en apprentissage, les impôts, et voilà que l'aîné, celui qui était au cimetière, venait de perdre son boulot... Alors le père avait cédé, la mère s'était tue. Et on avait délégué le grand pour assister à « ça »... L'Emmerdeur s'était sans doute frotté les mains de sa petite victoire.

Il patientait, devant les grilles, lorsque Gabelou quitta le cimetière en compagnie du légiste. Il agrippa le commissaire par la manche et le toisa d'un air interrogatif.

– Allez vous faire foutre..., cracha Gabelou. Il n'y a rien. Laissez ces pauvres gens, ne leur montez plus la tête !

Puis Gabelou s'éloigna. Il marcha vers la place du village, un petit bled perdu, près d'Étretat. Le légiste avait faim et Gabelou lui-même sentait venir un petit creux. Ils s'installèrent côte à côte dans la salle de l'unique brasserie, face à la mairie, et commandèrent un casse-croûte copieux, arrosé de cidre pour céder à la touche locale.

◆

Gabelou fut de retour dans les locaux de la PJ parisienne au milieu de l'après-midi. Il gagna aussitôt son bureau et fit taper un bref compte rendu du rapport d'autopsie, résumant par avance les conclusions que le légiste lui ferait communiquer par la voie officielle un peu plus tard.

Puis il soupira bruyamment. Gabelou était un homme de forte corpulence. Il approchait tranquillement la soixantaine et avait décroché son grade de divisionnaire cinq ans plus tôt. Il était sorti du rang, à la suite de débuts difficiles, en pèlerine, et n'avait pas oublié les patrouilles à vélo sur les grands boulevards, dans les années de l'après-guerre. C'était du passé. Son nom faisait toujours tiquer les curieux. Gabelou ? Comme les gabelous de la Gabelle ? Oui, exactement, répondait-il alors, pas étonnant, avec un nom pareil, que je sois devenu flic ? Non ?

À seize heures, il avait rendez-vous avec le responsable du commissariat d'Altay-II. On disait « Altay-I » pour désigner la vieille ville. Un gros village de banlieue, une poussière de pavillons de meulière où erraient mémères à chats et fonctionnaires en retraite.

Altay-II ne ressemblait guère à son ancêtre… D'anciens champs de blé hérissés d'immeubles déjà usés, tassés en quinconce autour du centre commercial Carrefour, bordés par la ligne du RER, logeant à 80 % les familles dont les éléments mâles travaillaient à l'usine Citroën… Gabelou était allé y faire un tour le dimanche précédent. Le CES de préfabriqué, le Centre Culturel désert, la Cafétéria du supermarché squattée par des loubards désœuvrés, les bandes de gosses jouant au foot dans les parkings souterrains : un mauvais cliché.

Il s'en foutait, Gabelou. Il ne faisait pas dans le social. Sa maison de campagne, au pied du Ventoux, c'était autre chose. On ne demande pas à un flic de soixante ans de refaire le monde. Il ne faut pas se tromper de registre.

On annonça le commissaire d'Altay-II. Un jeune gars en costume et gabardine sombre.

Il se rongeait les ongles et trépignait dans le couloir. Gabelou le mit tout de suite à l'aise.

– Vous bilez pas, mon vieux, on va pas vous coller l'IGS sur le râble !

Il avait signé les permis d'inhumer sans trop se préoccuper des détails. Le montant de la vacation mortuaire réglementaire, porté depuis un mois à 70 francs en accord avec le maire de la commune, lui tombait dans la poche. Pour la Vieille, le Gamin et le Commis, il ne s'était pas déplacé et avait envoyé un vague sous-brigadier s'acquitter de la corvée en échange d'arrangements concernant ses congés. Théoriquement, ça n'aurait pas dû se passer comme ça, mais, entre les délinquants, les accidents de la voie publique, les cambriolages… et les permis d'inhumer, on ne sait plus où donner de la tête : fatalement, les responsabilités se diluent. Gabelou avait devant lui les trois feuillets incriminés.

– Vous avez trouvé quelque chose, ce matin ? demanda le type d'Altay, qui était au courant de la démarche de Gabelou.

– Non… Rien pour le moment.

– C'est absurde, vous n'allez pas porter crédit aux radotages d'un fou ?

– Moi non…, soupira Gabelou. Mais d'autres, oui ! Les journaux, et la compagnie d'assurance du boucher, qui a porté plainte. Si c'est un assassinat, ils ne veulent plus payer. Vous le connaissiez ?

– Le boucher ? Oui… c'est le seul correct, alors ma femme se fournit là.

– Et la Vieille ?

– Oh, elle a été cambriolée l'an passé, je l'ai vue pour une confrontation avec des suspects, une bande qu'on a coincée, c'est tout.

– Vous avez un avis ? poursuivit Gabelou.

– Non… vraiment pas.

Gabelou congédia son collègue, après s'être fait remettre une pile de documents – contraventions, plaintes pour factures impayées, d'autres salades un peu sordides – concernant la Vieille et le Commis. Mais il pensait que, dans cette paperasse, il n'y aurait assurément pas de quoi faire taire l'Emmerdeur. Et encore moins de quoi faire parler le Vieux Léon. Qui savait tout…

♦

Je sais tout, je sais tout, c'est vite dit… S'ils comptent sur moi pour les aider, les flics peuvent toujours s'accrocher ! Je ne ferai pas le moindre geste ! Tant pis pour tout le monde. Parce que c'est mon Copain. Le seul que j'aie jamais eu dans ma sale vie. Et le Gabelou, je le regarde s'agiter sans broncher. Il voudrait bien savoir, pourtant. Mais la Vieille, le Gamin, le Commis, et le Visiteur, je m'en tape, moi…

Je suis là, tassé dans mon coin, assis dans un fauteuil à côté du bureau de Gabelou qui est parti en vadrouille je ne sais où. Je moisis ici depuis cinq jours… Le Visiteur et le Coupable, on les a retrouvés le 2 janvier, ah les Joyeuses Fêtes ! Cinq jours… ça n'en finit plus. Les flics, ça les énerve, de me voir patienter sans m'énerver. Ils ne vont pas me torturer, ça servirait à rien. Je suis pas responsable. Juste un peu pour le Visiteur, mais c'est bien tout.

Le Coupable, c'est mon copain, mon pote, mon n'importe quoi, mettez le nom que vous voudrez là-dessus, c'est ce qui fait que je vais pas le trahir, quelque chose de plus fort que toutes leurs salades et il n'y a rien à ajouter. Ah, ils ont essayé, pourtant. Et mon Vieux Léon par ci, et mon Vieux Léon par là, la pommade, les compliments, le baratin, total : néant, c'est tout juste si je leur fais un petit signe de la tête quand ils m'apportent à manger. Un mur. Ils auraient mieux fait de s'adresser à un mur, à une vieille godasse perdue dans un tas d'ordures…

Ils sont là, les flics, tout autour de moi ; à me lancer des regards vachards, comme dans les films, avec la lampe braquée dans la gueule, leurs gros bras poilus, et de temps en temps, en prime, ils se foutent de moi. « Vieux Léon, qu'ils braillent, dis-nous tout, t'es le seul à avoir tout vu… » Et ça les fait rire. Je collaborerai pas. Je me le suis juré sur ce qu'il me reste de dignité. Et ça les étonne, ça, la dignité. Eux. S'imaginent du haut de leurs certitudes que tout leur est dû, eh bien, non, moi, Vieux Léon, je les envoie sur les roses.

Le Gabelou, c'est rien encore, le pire, c'est l'Emmerdeur. Un vrai poison, ce gars-là, rusé, roublard, flatteur, toujours à guetter le moment de faiblesse, l'instant où on s'avachit, abruti par le manque de sommeil…

C'est lui qui m'a coincé le premier. J'avais filé en douce, c'est naturel, après toutes ces histoires, j'avais la trouille que ça me retombe dessus, pourtant, je n'y suis pour rien, mais allez leur faire comprendre ça.

Gabelou, lui, il a compris. Mais ça ne l'empêche pas de me garder prisonnier. Il a donné des ordres pour que je sois bien traité. Au début, ça y allait, les beignes, les coups de pied, les engueulades, puis Gabelou a dit à ses sbires : foutez la paix au Vieux Léon, vaut mieux le ménager, après tout, c'est le seul témoin… Tout le monde s'est marré.

Mais l'Emmerdeur, c'est une autre paire de bretelles ! Vieux Léon, comment c'était, vous deux ? Dis donc, Léon, tu la connaissais bien, la Vieille ? Et t'étais copain avec le Gamin ? Et le Commis-Boucher aussi, il te connaissait, t'allais faire les courses…

Il voulait plus me lâcher ! Je suis allé trouver Gabelou et je lui ai fait sentir que s'il souhaitait une collaboration franche et sincère de ma part, il fallait qu'il me tire des griffes de l'Emmerdeur. Gabelou, il n'a pas un mauvais fond. Il a pigé tout de suite.

Au début, ils m'étaient tous tombés dessus, le neveu de la Vieille, les parents du Gamin, le patron boucher – celui-là, il a une sale histoire avec l'assurance, d'après ce que j'ai compris, c'est pour ça que l'Emmerdeur est sur le coup – j'ai eu un mal fou à m'en sortir, de leurs questions...

La Vieille ? Je la connaissais de vue, pas plus, on se croisait dans l'escalier. Le Commis ? Pareil quand j'allais en commission... Et le Gamin ? Oh, je l'ai entrevu une ou deux fois dans la cité, et pourtant, l'Emmerdeur voudrait à tout prix que je l'aie bien connu.

Mais, que voulez-vous ? Ça jase, ça jase, tout ce petit monde, et ça finit par ne plus discerner le vrai du faux, le bon grain de l'ivraie, comme disait mon ancien patron, un paysan...

L'Emmerdeur n'est pas très malin, mais il est obstiné, coriace. Il ne faut pas le prendre pour une truffe, c'est un dégourdi, sous ses airs de bravache. Méfiance. Il arriverait bien à me mouiller. À force de combine et de bla-bla-bla... Je n'ai jamais desserré les dents, à chacune de ses visites. Il était là, tout miel tout sucre devant moi, à me passer la brosse à reluire, mais je le tenais à l'œil !

Toute cette méfiance, ça me vient de mes origines paysannes. Les citadins, ce sont de gros nigauds, dressés par la télé. Ils y perdraient les pédales, dans tout ce micmac. Pas moi, Vieux Léon, je suis un type de la campagne.

C'est comme ça, on y peut rien. L'Emmerdeur se croit supérieur, avec ses bobards éventés, ses coups tordus, ses ruses de maquignon… Vieux Léon, c'est d'une autre trempe que ce gourgandin ! Des de mon acabit, on n'en fabrique plus. Et c'est dommage, parce que le monde est sur une sale pente, et la sagesse rurale, si vous m'en croyez, ça contribue à endiguer les désastres. C'est ce que j'ai toujours pensé !

Ah oui, je n'ai pas eu une vie toujours rose. Pas si rose que le teint de soiffard de l'Emmerdeur, gorgé de vinasse et de gnole ; moi, j'ai longtemps vécu au pain sec et à l'eau, à la dure, en somme.

Lui, le Coupable, je l'ai rencontré sur mes vieux jours. Dès le premier instant, j'ai bien senti qu'il était au bout du rouleau. Oh, ça ne se voyait pas à sa mise, très soignée, à ses manières, polies et prévenantes… Non, son bout du rouleau, c'était autre chose, un rien dans la démarche, la fatigue qui suait de tous ses gestes, à grosses gouttes, pas la fatigue d'une journée de travail aux champs, comme nous autres les paysans. Non, la fatigue du fond du bonhomme, celle qui fait grincer la carcasse, crisser les mécaniques, et on se dit : ce gars-là a besoin d'une goutte d'huile dans les rouages, mais voilà, personne n'a la burette qui permettrait de mettre un peu de graisse dans l'engrenage, et le lascar termine à la casse avant d'avoir fini de servir.

Et moi, me direz-vous, j'y étais pas, au bout du rouleau ? À mon âge ? Dans quel état elle était, ma carcasse, usée par les travaux de la ferme ?

Allez, Vieux Léon, t'abaisse pas à te plaindre… C'est ce que je pense toujours, la fierté, les crachats des autres s'y usent comme sur du galet !

Je suis né là… à Altay. Avant, on ne disait pas Altay-I ou Altay-II, c'est tout juste si on disait. C'était une étendue de champs de blé, de pâturages, au loin, il y avait des maisons, derrière les bois. Moi, tout gosse, je ne m'étais jamais aventuré au-delà des bois, j'étais trop trouillard.

Né à la ferme, j'y avais grandi, et tout d'un coup, me voilà adulte, avec la quéquette qui me travaillait, et je ne savais pas quoi en faire. La journée, je gardais les bêtes, dans les champs, et le soir, avec les copains, on rentrait à la ferme, hop, tous à dormir à côté de l'étable, et la quéquette qui nous travaillait tous. Pas facile de trouver un coin douillet pour la mettre ! Eh oui, ça fait rigoler, maintenant, c'est plus pareil… Aujourd'hui, la mienne, elle est toute rabougrie, toute plissée, ridée, elle demande plus rien, mais au temps de ma jeunesse, cré nom de nom ! Même l'Emmerdeur, il en aurait été jaloux… Parce qu'il faut le voir, celui-là, avec les dames, tiens, dans la cage d'escalier de l'immeuble, il en perd pas une, à zyeuter le dessous des ménagères quand elles montent les étages, ah le gaillard ! Il m'a tout raconté… C'est quand il venait fouiner chez nous, pour l'affaire, le Commis-Boucher, la Vieille et le Gamin…

Eh Vieux Léon ! qu'il s'écriait, tu dois en savoir, des choses… Me regarde pas comme ça, montre-moi un indice, et t'auras une vie de pacha !

De pacha ! Comme si j'étais le genre de gars à mener une vie de roi… À la dure, j'ai toujours vécu, à la dure. Au cul des vaches, tout gamin, dans le froid, la neige… Et puis Altay a changé. Au début c'était presque rien, des gars avec des drôles de voitures, qui sillonnaient les champs, armés de lunettes pour voir loin…

Ils arpentaient nos terres, faisaient peur aux bêtes à coups de klaxon, et disparaissaient pour revenir six jours plus tard. Planter un poteau. Déposer une borne. Comme une vache ses bouses… Mais leur merde à eux n'enrichissait pas la culture, ah non, ils en ont coupé des arbres, rasé le bois où j'allais me balader avec mon Eulalie, celle qu'est devenue mienne... Et ils amenaient des camions, des bennes, déplaçaient la terre, creusaient des trous, des fosses. C'est venu petit à petit. Avant, il y avait que le clocher qui dépassait de la plaine, et puis, pof, une tour, une grue, un pylône. Nous, les ruraux, on a rebroussé chemin tant qu'on a pu. On a mené nos bêtes de l'autre côté, histoire de montrer notre cul à leurs grues... Vieux Léon, il me disait, l'Emmerdeur, t'es un pécore rustique, une espèce disparue...

Le Coupable, c'est le rayon de soleil de l'amitié, venu réchauffer mes vieux jours. Je sais pas bien expliquer, ça fait un peu ronflant, mais c'est du solide, de l'enraciné, de l'enfoui profond, plus que leurs pylônes !

Ah, les pylônes, moi et mon Eulalie, on les regardait pousser, le soir, quand nos bêtes étaient couchées. Et l'Eulalie est morte en couches, un vrai drame. Je me suis senti perdu, plus de goût à rien. Les patrons de la ferme ont été indulgents, ils ont compris que c'était pas réparable, la douleur qui me frappait. Mes mômes, j'en avais trois, sont partis, à droite à gauche, dans d'autres fermes. J'étais incapable de m'occuper d'eux. De bonnes âmes s'en sont chargées. J'ai continué de travailler, mais le cœur n'y était plus, je faisais tout mécanique : les bêtes, le pâturage, l'étable, et rebelote l'étable, le pâturage, les bêtes...

Lui, le Coupable, son Eulalie à lui, c'est une autre histoire. Une garce, ça l'a foutu en l'air. C'est peut-être ce qui nous a réunis, notre malheur, notre plus-de-goût-à-rien. Mais lui, il la cachait bien, sa sale affaire.

La première fois où on s'est rencontrés, lui et moi, c'était l'an dernier, en mars. Devant un bistrot. Lui il en sortait, moi, je n'osais pas y entrer, pensez donc, un vieux tel que moi !

C'était à Altay-II, avec toutes ces familles, ça grouillait de gosses partout, alors, il a fallu installer un collège où le Coupable travaillait. Le bistrot était en face du collège, pas bien loin du centre Carrefour, mais attention : pas un troquet minable, du luxe, avec un néon bleu qui clignotait « Altay-Club ». Il y allait souvent, le Coupable. Mais c'était point un ivrogne. Un soir, on s'est croisés, donc, aux premiers beaux jours de l'an dernier. Le soleil se couchait dans un fouillis de pylônes, de grues et de bétonneuses, brusquement immobiles dans la nuit qui tombait, comme les insectes que le patron de la ferme clouait sur une planche, avant de les ranger dans une vitrine prévue exprès pour, du temps de ma jeunesse… Il n'y avait pas encore de bitume partout, et on pataugeait dans la boue des chantiers, pire que dans les champs avec les pluies d'automne. Les chaussures du Coupable en étaient toutes crottées.

Il m'a regardé de son air las, mais au fond de ses yeux, j'ai vu la lueur qui trompe pas – j'en cause pour ceux qui l'ont déjà vue, cette lueur-là, les autres tant pis – et c'était là, entre nous, un gros bloc compact d'envie de rester ensemble, parce que lui aussi, dans mes yeux chassieux, il l'avait discernée, la foutue lueur…

Depuis, ça a été entre nous à la va comme je te pousse, pour le pire et le meilleur, des potes, et aujourd'hui, il faut que Gabelou me retienne prisonnier pour m'empêcher d'être à son chevet, à lui remonter le moral.

Neuf mois, on a bourlingué tous les deux. Jusqu'à la semaine dernière, où Gabelou l'a arrêté…

J'étais libre, sans boulot, et je pouvais quand même rendre de petits services, alors, ça s'est pas fait d'un coup, mais petit à petit, je me suis installé chez lui, à la mi-avril… Avec sa garce, ça a chauffé… S'il avait su, ce que c'était, avec mon

Eulalie... Oh, ça lui aurait fait trop de peine, d'apprendre qu'une telle félicité était possible...

Le Coupable et moi, on reste des heures ensemble, sans bouger, sans un bruit. Et nos deux silences se tiennent la main.

◆

Si, après la petite séance du cimetière, Gabelou avait regagné Paris, l'Emmerdeur, lui, était resté dans les parages du village normand où le Gamin reposait désormais.

Il avait entraîné une journaliste dans un restaurant, à quelques kilomètres de là, et, cigare au bec, il pérorait, à demi avachi sur la table chargée des reliefs du repas qu'ils venaient de s'offrir, aux frais de la rédaction... Les carcasses de crabes, encore encroûtées de chair, servaient à présent de cendrier.

– Non... vous comprenez, disait l'Emmerdeur, c'est trop facile, il suffirait de signer un formulaire, et tout serait fini, hop, enterré, plus de cadavre, qu'est-ce que ça veut dire, un boulot pareil ? Pas de preuves, pas de preuves, allons donc, si on en veut, on en trouve !

– Ils prétendent qu'il est vraiment fou, qu'il a tout lu dans le journal communal..., risqua la journaliste.

– Des bobards pour amuser les gogos, tonna l'Emmerdeur, en allumant un autre cigare. Pensez donc !

– Mais l'autopsie du Gamin n'a rien donné ?

– Ouais... et dire que j'ai fait des pieds et des mains pour convaincre la famille, oh des braves gens ! Notez bien, pour le Gamin, je ne dis pas, après tout, c'est du beau boulot : la porte ouverte, un coup de pied dans le cul et tagadac, c'est rectifié. De la petite chair tendre contre un pylône de béton, voyez ça d'ici, mmh ? Mais la Vieille, il doit bien y avoir des traces, des coups ?

– Oh, ça date de deux mois de plus que le Gamin, et le cadavre, à ce qu'on dit, c'est pas jojo…

– Pas jojo ? 'videmment, au gaz ! C'est jamais bien ragoûtant, les poumons qui se racornissent, en plus, c'était une sacrée fumeuse, 'se roulait du gros gris, voyez ça d'ici ! Ils ont charcuté là-dedans, mais c'est autour, qu'il fallait regarder… Elle s'est peut-être défendue ?

La serveuse du restaurant leur apporta deux cognacs et l'Emmerdeur leva son verre en pleine lumière afin d'admirer la robe mordorée de l'alcool.

– Et, où est-elle, la Vieille ?

– Au cimetière de Thiais. On a porté plainte, un petit neveu, que j'ai décidé *in extremis*, mais ça ne sert à rien…

– Mais vous, la Vieille et le Gamin, ça ne vous regarde pas ?

– Et tiens donc… si on trouve quelque chose, du coup, crac, mon Commis-Boucher il n'est plus net ! La Compagnie ne veut pas payer !

– Forcément, forcément…, murmura la journaliste.

– Non… alors j'en suis à remuer la boue : le commissaire d'Altay-II qui signe des permis d'inhumer sans faire d'enquête ! Pouvez inscrire ça dans votre canard, y a plus à se gêner, on file un coup de butane dans les bronches de la mémé, on touche l'héritage, et c'est classé !

– Oui… sauf que là, il n'y avait pas d'héritage !

– Je disais ça pour l'exemple ! Une supposition, que cette idée vous vienne à l'esprit, vous avez une grand-mère, vous ?

– Les deux sont mortes…

– Eh ? Enfin, pour mon Commis-Boucher, je lâche pas. Le cadavre d'accord, il est net : le thorax écrasé, le cœur enroulé autour des vertèbres, les poumons mousseux, rien à redire, un choc, un seul, mais le vélo !

– Le vélo ?

– Il est complètement foutu. Alors s'il n'y a eu qu'un choc, pourquoi le vélo est-il plié en quatre, hein ? En deux, passe encore, de plein fouet, je veux bien être large, mais en quatre ? Plus de selle – éjectée –, les rayons tordus dans tous les sens, comme si on avait roulé dessus en s'acharnant…

Brusquement essoufflé, l'Emmerdeur se tut. Il trempa les lèvres dans son verre et fit claquer sa langue joyeusement. La journaliste griffonnait machinalement sur son carnet. Il lui avait garanti une interview exclusive en échange de la mention du nom de la Compagnie, en caractères gras… Le deal était correct. L'Emmerdeur avait dit ça : « le deal ». « T'as ton papier, moi je me redore le blason vis-à-vis de la Compagnie, j'en ai bien besoin. »

L'Emmerdeur était un grand type efflanqué à l'œil maussade. Il n'avait pas vu passer la trentaine et s'était jusqu'à présent nourri au râtelier de combines approximatives – rachats de magasins en faillite ou cabinets de psychologues-conseils pour entreprises en voie de naufrage – avant d'aboutir à la Compagnie… Un vautour de la Crise.

La journaliste, elle, était une petite poule pimpante.

Ils quittèrent le restaurant et se retrouvèrent sur la plage, où s'égaillaient les mouettes. L'Emmerdeur ramassa quelques galets qu'il lança au loin, sans parvenir à faire des ricochets.

Puis ils remontèrent dans la voiture de l'Emmerdeur, une vieille Maserati à bout de souffle, afin de regagner Paris.

– Au fait… qu'est-ce que vous pensez du Vieux Léon ? demanda la journaliste, après quelques minutes de silence.

– Ah celui-là, s'il parlait, on saurait tout ! Mais je t'en fous, rien à en tirer !

Puis l'Emmerdeur, tout en conduisant, se tourna vers sa passagère et, glissant une main sur son genou, lui demanda s'il pouvait avoir confiance en elle. Totalement confiance en elle, voulait-il dire. Elle acquiesça.

– Vous savez, reprit-il, j'ai été le premier à rentrer dans l'appartement... Pas vraiment le premier, mais presque. Et vous avez entendu parler des cassettes ? Bien... j'en ai volé une, avant que la police n'arrive.

Elle fit des yeux ronds. Mais l'Emmerdeur eut une moue de dépit.

– Oh..., dit-il, j'en ai pris une, au hasard. Je n'ai pas pu écouter toutes celles que Gabelou a raflées.

– C'était vraiment un journal... enfin une confession ?

– Si on veut, celle que j'ai, ça ne ressemble à rien. Tenez. Écoutez.

Il avait sorti une boîte de la poche de sa veste et l'enclencha dans l'autoradio. Il y eut un blanc, puis la voix du Coupable résonna dans l'habitacle de la voiture. Au-dehors, la pluie tombait, dégoulinant sur les vitres...

Ah ah, vieux Léon, on peut être fiers de nous, hein ? La retrouveront jamais, la poison, la mégère, le fléau, la peste. Bouche cousue, hein, Léon ? Juré promis, on crache par terre, serment du sang, on est deux frères !

Bon, pour ce soir, projet grandiose : aménagement de la zone sud. Excavatrice, grand chantier. Faut déblayer, Léon, faut déblayer. Droit devant, direction salle de bains-living, voie express, TGV, t'as vu la qualité ? Du dernier modèle, trois wagons, plus la motrice, et les signaux, on va tracer la voie, allez aide-moi. T'as soif ? Non, t'as assez bu comme ça.

Fais-moi penser à racheter des sacs. Allez, le train doit

passer, c'est le progrès. Tu crois qu'elle nous entend, la poison ? Allez, oui, c'est ça, creuse jusqu'au canapé.

Hé, Léon, si quelqu'un vient quand je ne suis pas là, silence et bouche cousue, motus et tutti quanti, morituri te salutant, ah, t'as pas fait de latin, toi, Léon ?

Ah la garce, elle voulait que je m'y remette, au latin, la garce. Pour le concours d'inspecteur. Tu me vois, à mon âge ? Refaire des versions et des thèmes, Carthago delenda est, dicitur Homerus caecus fuisse, non, je te jure, elle en avait, de ces idées... On a bien fait de la buter.

Note bien, j'étais bon, en latin, mais pour le concours, c'était mieux que je fasse histoire/géo, en option. Au lieu de latin. Tu dors, Léon ?

Léon, t'es le bon bougre, mais t'es pas très culturel...

– Voilà, dit l'Emmerdeur, après avoir coupé le son. Et ça dure des heures. Il branchait son magnéto en rentrant chez lui et c'était parti pour la soirée...

La Vieille et le Gamin dormaient donc à poings fermés dans leur tombe respective, ainsi que le Commis-Boucher, que l'on était venu déranger lui aussi, dans son sommeil éternel, lors de l'autopsie qui précéda celle de la Vieille.

Il n'en était pas de même pour le Visiteur, dont le cadavre attendait qu'on veuille bien lui demander ce qu'il avait à dire, allongé dans un tiroir réfrigéré, au second sous-sol de la morgue du quai de la Rapée.

Depuis une semaine, il patientait, disponible pour tous les examens et interrogatoires à coups de scalpel, de trépan et d'autres instruments encore plus persuasifs.

Gabelou ne croyait certes pas que le ventre – à la peau tendue sur des abandons de viscères bourgeonnant de mucosités fétides – pût s'ouvrir tout à coup et énoncer une vérité immédiatement traduisible en termes juridiques... mais il le contemplait avec étonnement, comme s'il s'était malgré tout préparé à de tels aveux, jaillissant par surprise de cette nudité tranquille, là, dans les sous-sols de l'Institut médico-légal.

Tous les tiroirs portaient une petite étiquette blanche indiquant un nom ou, à défaut, un numéro. Gabelou était fasciné par ce classement méticuleux de la mort et de ses accessoires : dans une pièce voisine, on trouvait les vêtements, soigneusement pliés dans des sachets de plastique, dûment étiquetés.

Il y avait de tout, ou presque. Un véritable magasin de carnaval. Des tenues de soirée, des uniformes militaires, une soutane voisinant avec un porte-jarretelles, vestige d'on ne sait quelle orgie démoniaque, et des vêtements ordinaires, dont la banalité confinait au pathétique, tant leur trivialité refusait de se conformer à la magie glacée qui hantait les lieux… Gabelou effleura du doigt le carton agrafé au sac recelant les effets du Visiteur. L'inventaire était laconique :

Costume tergal bleu nuit portant l'étiquette de la « Camif »/mocassins idem/sous-vêtements, slip et tricot idem/une ceinture lombaire antirhumatismale du docteur Scholl/à noter : l'état du pantalon et du slip, fortement détériorés aux deux fesses, au mollet droit.

Les veilleurs de la morgue étaient habitués aux visites tardives du commissaire Gabelou. Ils le voyaient prendre seul l'ascenseur menant aux sous-sols…

Mais, le soir où il revint de Normandie après l'exhumation du corps du Gamin, un terrible accident d'avion se produisit à Orly : la sarabande des ambulances le dérangea dans son pèlerinage mortuaire. Et, à en juger par le contenu des premiers sacs que livrait le SAMU, « ça allait salement décoiffer », comme l'aurait dit le neveu de Gabelou, élève de seconde au lycée Henri-IV.

Le commissaire quitta donc l'endroit, trop agité, et longea en marchant à grandes enjambées les rives de la Seine, vers le Quartier latin. La neige qui tombait depuis le soir avait déjà recouvert les trottoirs désertés par les promeneurs. Il faisait froid et, au fin fond des couloirs d'un des étages du quai des Orfèvres, l'inspecteur chargé de garder le Vieux Léon contemplait avec mélancolie les toits de Paris.

Il effaçait du revers de sa manche les traces de buée que son haleine avait créées contre la vitre de la fenêtre grillagée, lorsque Gabelou pénétra dans le bureau.

◆

– Alors Léon, comment va ? s'écria Gabelou.

Le bureau était une pièce assez vaste encombrée d'un fouillis invraisemblable. Léon, au milieu de ce fatras de dossiers, de vêtements, avait tout juste l'air d'un accessoire, assis dans son fauteuil, le front bas, l'œil buté. Il avait à peine sursauté quand Gabelou était entré. Son regard inexpressif demeurait fixé sur une table de camping, où s'empilaient des modèles réduits ferroviaires, et des cassettes de magnétophone.

– Sacré Léon, reprit Gabelou, toujours aussi silencieux !

– Il a pas bougé de là…, raconta l'inspecteur qui avait assuré la permanence durant toute la soirée.

Gabelou s'assit face à lui, et, les deux mains sous le menton, le dévisagea longuement. Puis il prit une cassette, de bonne qualité, au dioxyde de chrome. Et la voix du Coupable retentit lorsqu'il appuya sur la touche *play*…

… te bile pas, Vieux Léon, la garce, elle a payé, maintenant, on va être tranquilles, tous les deux, hein, t'es d'accord ? Fais pas cette tête-là ! Aucun risque qu'on la retrouve…

C'est pas moral, mais moi, je souffrais trop, on ne peut pas faire souffrir quelqu'un comme ça. Vieux Léon, tu dois savoir ça, non ? Elle la mettra plus, sa jupe fendue, pour me faire envie, et au dernier moment, pas touche, minable, c'est pas pour toi, la peau soyeuse de la belle Irène !

Hein, Léon, t'es d'accord ? J'en bavais, d'elle, à n'en plus finir, et tintin pour moi, tout le temps ! Sauf deux trois fois par an, à mon anniversaire, à Noël, et au 15 août, pourquoi le 15 août, je te demande ? Je me demande, enfin, le 15 août. Et le reste de l'année, non, toujours non... Minable, la belle Irène disait que j'étais un minable, Vieux Léon, mais c'est fini, on va être bien, tous les deux, sans elle.

T'approche pas de là, Léon, je veux pas. Elle est là, et il faut l'oublier. On va la cacher, faire du bruit, tiens, et d'une, je vais m'acheter une locomotive.

Elle voulait plus que j'achète mes trains, tu te rends compte ? À Carrefour, ils ont un rayon, c'est pas terrible, mais c'est bien, juste pour le petit matériel, le ballast, l'éclairage, les fils.

Pour les trains, les wagons, les maisons, je vais ailleurs, à Paris. Tcchh, tchh, tchh, Léon, on va bien rire, tous les deux, avec les trains ! T'as une tête de chef de gare, Léon. Tu la connais, la chanson, il est cocu, le chef de gare, il est cocu le chef...

Bah Léon ? Elle te fait de la peine, ma chanson ? Non ! Plus à ton âge... Tu peux plus être cocu, toi...

Moi si, oh là là... Justement, il n'y a que le train qui ne lui est pas passé dessus. Le surveillant de la cantine, au CES, et le chef de la division des examens et concours, à l'Inspection académique, et peut-être même mes anciens élèves, pourquoi pas ?

Et l'Inspecteur, celui-là c'est certain, je les ai vus, le jour de la fin des classes. Il y avait un pot, au CES. Tout le monde était un peu rond, d'accord. Justement, avec le coordinateur des profs de gym, je suis allé à la réserve chercher quelques autres bouteilles de pastis, et, dans le bureau du surgé, ils étaient là, elle, avec sa jupe fendue, lui, sa grosse main sous la jupe, et leurs bouches qui ne pouvaient plus se décoller !

Pour ne pas avoir l'air bête devant le coordinateur des profs de gym, j'ai ri, en lançant : « Alors les tourtereaux, c'est la saison des amours ? » et j'ai vite refermé la porte. Le coordinateur était tout émoustillé, c'était la jupe d'Irène, sans doute, et je te jure, Léon, là, dans cette pièce, ça sentait l'amour, les foins, le printemps, le rut : tout ce qu'elle me refuse. J'ai fait un clin d'œil au coordinateur, en lui expliquant que nous étions un couple « libéré ». On est revenus dans le réfectoire avec nos bouteilles de pastis, et pour garder contenance, j'ai pincé les fesses de la prof de musique. Elle en est restée soufflée, j'ai filé. Le coordinateur m'avait vu, la fable du couple « libéré » pouvait tenir…

Après, le soir, à la maison, huit jours avant que tu n'arrives, je l'ai traitée de traînée, de roulure, de paillasse à soldat, de fille à cent sous… Elle m'a écouté en silence, sans desserrer ses jolies lèvres. Elle a haussé les épaules, comme toujours, l'air de dire : tout ce que tu racontes, c'est moins qu'un pet de lapin…

Et, en se retournant, alors qu'elle se dirigeait vers la salle de bains, peut-être sans le faire exprès ? elle a écrasé ma maquette de la gare de triage ! Deux cents pièces que j'avais assemblées tous les soirs de la semaine, collées une à une, j'avais commandé les couleurs pour la peindre, les décalcomanies en lettres gothiques, elle devait aller dans mon circuit allemand, celui qui est sous le canapé du salon, vissé à une plaque d'aggloméré. Il est trop grand pour que je le sorte en permanence…

… Son pied nu dans une mule à pompon, je n'aime pas ça, ça fait vulgaire, une femme comme Irène, des mules à pompon, enfin… ! Son pied s'est posé juste sur le bâtiment principal, il y en a trois, en étoile, le plastique s'est écrasé… j'ai crié.

Vite, j'ai poussé son pied, pour estimer les dégâts. On ne pouvait pas sauver grand-chose, je devais racheter les trois quarts des pièces…

J'étais là, désemparé, avec les bouts de plastique écrasés dans la main, et alors, elle a été comme toujours dans ces cas-là, gentille et prévenante, elle s'est agenouillée auprès de moi, a passé les bras autour de mon cou ; c'était bon, Vieux Léon, ce baiser-là, et le lendemain, elle est allée dans un magasin à Paris, elle a racheté la maquette de la gare de triage, en pièces détachées ; dans un paquet cadeau, en plus, elle avait mis la dernière nouveauté d'Hornby H.O., une loco-vapeur de la série américaine, la Grant 302, celle qui manquait dans mon circuit de la guerre de Sécession.

Une machine ravissante, toute noire, luisante, j'avais déjà les wagons, mais j'attendais le paiement des heures de permanence du dernier trimestre – l'intendant du collège est toujours en retard – pour l'acheter. Je l'ai fait rouler tout de suite, elle faisait son effet, tu sais, Léon, en grimpant mes petites collines de polystyrène, avec mes soldats bleus…

Irène, c'était ça, la douche écossaise en permanence, la vacherie la plus déloyale et hop, dans la seconde qui suit, bisous-câlins mon chéri.

Oui, c'était vraiment ça, parce que le dimanche suivant, juste avant le départ en vacances, elle a préparé un petit repas, le midi, j'étais content, mais il y avait un invité : l'Inspecteur. Tu vois, Léon, c'était bien une garce…

◆

Hé oui, l'Irène, il avait raison, c'était pas du gâteau. Je ne l'ai pas beaucoup connue, mais avec les femmes, j'ai toujours eu du flair et aussi sûr que mon Eulalie était une crème, celle-là, son Irène, c'était plutôt de la soupe au vinaigre.

Mais la chair est faible, on se laisse aveugler par une descente de reins un peu trop bien galbée ou des paroles tendres, et crac dedans, le piège se referme.

La première fois que je l'ai vue, son Irène, elle m'a glissé une de ces œillades, que j'en ai eu froid dans le dos ! Le soir où on s'était rencontrés, lui et moi, devant l'Altay-Club, on avait marché tous les deux, du côté des terrains vagues, en face du CES, et on s'était quittés. Plusieurs soirs de suite, je l'ai retrouvé au même endroit, alors voilà, un soir, je me suis laissé inviter chez lui. Pas de mal à ça.

Eh bien, son Irène, elle a pas bien réagi. Elle l'a engueulé, lui, en lui demandant si c'était ça – c'est-à-dire moi, Vieux Léon – ses nouvelles fréquentations, et ce ne serait pas en s'acoquinant avec des loques comme moi qu'il réussirait son concours pour devenir inspecteur… J'ai pas voulu insister et j'ai filé, en restant poli tout de même.

En descendant l'escalier, j'ai tendu l'oreille, mais c'était à n'y rien comprendre, dans leurs cris. Je n'ai pas bien apprécié, parce que moi, avec mon Eulalie, ça nous arrivait de nous chamailler, mais on le faisait pas devant les autres…

On se revoyait tous les soirs devant l'Altay-Club, et c'était pas bien compliqué de deviner que chez lui, ça tournait de moins en moins rond.

Puis, brusquement, pendant plusieurs jours, je ne l'ai plus vu. J'attendais, en traînant dans les parages du CES, de toute façon, j'avais rien d'autre à faire, et c'est la fatalité qui me poussait, en me disant que ce gars-là et moi, on était faits pour nous entendre, ah ça oui !

Et quand je l'apercevais, il était avec ses collègues ; pour ne pas le gêner, j'allais pas l'aborder devant eux. Il me faisait la gueule ou quoi ?

Enfin, une semaine s'était écoulée sans le voir, et hop, il radine devant l'Altay-Club en faisant des grands gestes, il me file des claques dans le dos en m'appelant son Vieux Léon ; il était en pleine forme, et, dans sa voiture, il me montre ce qu'il avait acheté pour préparer un gueuleton pour nous deux.

Alors nous voilà chez lui. J'ai posé mes vieilles fesses sur le rebord d'un fauteuil, en attendant la gueulante de son Irène, quand elle allait me voir là, dans son salon à elle, la dernière fois, j'avais mis un peu de boue sur la moquette…

J'avais la trouille, mais comme plusieurs jours venaient de s'écouler sans que j'aie avalé un repas correct, pas la peine de mentir, j'étais décidé à faire le dos rond sous le regard de la mégère pourvu que je m'en mette plein la lampe !

Mais tout était silencieux, et lui il s'affairait à servir à boire ; à mon air surpris, il a bien vu que j'avais deviné quelque chose d'anormal.

Et il a rigolé en disant que je n'avais pas à me trémousser comme ça, rien à craindre. J'ai refroidi Irène, a-t-il dit. Re-froi-di. Moi, dans ma tête, j'essaie toujours d'accommoder les choses pour avoir le moins d'ennuis possible et j'ai cru qu'Irène avait la grippe, ce qui était bizarre pour la saison, mais bon, elle avait froid.

Fais pas semblant de pas comprendre, Vieux Léon, a-t-il insisté, t'es pas né de la dernière pluie, j'ai buté la mégère !

J'ai claqué des dents parce que j'étais là avec lui, chez eux, et je voyais venir les complications. J'ai dû avoir l'air de demander pourquoi il avait fait ça, puisqu'il a soupiré en disant « pourquoi… pourquoi… », il ne savait pas pourquoi il ne l'avait pas fait plus tôt, pourquoi maintenant, et peut-être était-ce à cause du papier qu'il me montrait, là dans l'enveloppe, sur la petite table du salon.

J'ai encore loupé le concours d'inspecteur, a-t-il dit, et

Irène s'est foutue de moi, alors ça a été plus fort que tout, allez, je l'ai butée.

J'ai fait le tour de l'appartement, pour voir où elle était. Il avait déménagé toutes ses affaires à elle. Dans la salle de bains, toutes ses crèmes, et ses trucs de bonne femme avaient disparu et la penderie était à moitié vide, c'était déjà bon signe, il avait au moins supprimé les traces de son existence passée, mais le principal, c'était le cadavre. À voir mon regard interrogatif, il s'est marré, en sifflant un autre verre de pastis.

Tu voudrais savoir où elle est, hein ? Vieux salaud de Léon ? Il a fait un geste avec son pouce, en arrière, pour montrer la cuisine. J'ai jeté un coup d'œil, mais il n'y avait rien.

Dans le congélateur, a-t-il dit, elle est dans le congélateur. C'était un gros, presque aussi gros que celui de l'Altay-Club, où ils mettent les gigots, et les poulets…

Pour être soufflé, j'étais soufflé ! Du coup je me suis assis. Il avait nettoyé toutes les traces de sang, c'était propre, et là, au moins, dans le congélateur de la Camif, elle nous foutrait la paix, la garce !

De le voir si joyeux, ça m'a mis de bonne humeur. Alors on a fait un gueuleton avec tout ce qu'il avait acheté, on s'en est collé plein la panse, on a roté, pété comme deux larrons en foire. C'était la plus belle soirée de ma vie. Enfin, depuis la mort de ma pauvre Eulalie.

Dès le lendemain, je me suis installé chez lui. J'avais mon coin, lui le sien, on se gênait pas. Comme je ne savais pas où loger, j'ai écrasé le coup du congélateur. Il se méfiait un peu de moi, mais je ne lui en veux pas. Il a mis une grosse chaîne au-dessus du couvercle, des sacs de poubelles par-dessus, et on n'entrait plus dans la cuisine. Il fallait faire la vaisselle dans le lavabo de la salle de bains. On était les rois. Personne ne nous dérangeait. Le voisin d'à côté, un collègue du Coupable, s'était un peu trop fait chahuter par ses élèves et ça lui avait porté sur le ciboulot, à la longue. Il était chez les fous, à la campagne.

On a vécu heureux, mon copain et moi, pendant à peu près six mois. Je me suis installé en avril, et jusqu'en septembre, tout allait bien. On est pas partis en vacances, et le Coupable a fait les centres aérés pour gagner plus de sous, en juillet-août.

Oui, jusqu'à la rentrée, c'était peinard, c'est après que ça s'est brusquement gâté.

◆

Gabelou s'était donné beaucoup de mal à classer les bandes dans un ordre chronologique. Il les avait toutes écoutées, patiemment, à la recherche d'une preuve de la culpabilité du Coupable.

On les lui avait amenées en vrac, dans un sac de toile, sitôt le ménage fait. Il ne pouvait se douter que l'Emmerdeur était parvenu à en faucher une. À présent, il en connaissait certaines presque par cœur. Celles du début, où les phrases restaient structurées. Et il imaginait le Coupable, travaillant à construire ses maquettes, déblatérant devant son magnéto, sous l'œil indifférent du Vieux Léon.

Car jamais l'on entendait Léon. À croire qu'il avait assisté à tout cela sans broncher, sans rechigner.

◆

Sans rechigner, sans rechigner, et pourquoi donc je me serais plaint ? J'étais bien traité. Pauvre flic, il voudrait bien que je l'aide. Je l'aime bien. C'est lui qui m'a tiré des griffes de l'Emmerdeur. C'est l'Emmerdeur qui a tout vu le premier. Enfin, pas vraiment le premier, le deuxième. Avant, il y a eu le gardien du bloc.

On était là, tous les trois, le Coupable, moi et le Visiteur, quand le gardien a enfoncé la porte. Il a fait un pas chez nous, et zou, il est tombé dans les pommes. Il y avait un autre gars avec lui, qui a juste passé la tête dans l'entrebâillement de la porte, et qui s'est mis à hurler, en se sauvant.

Moi, je me suis caché dans le Canyon. C'est comme ça que le Coupable appelait le couloir de ma chambre. Et j'ai entendu un bruit de cavalcade. L'Emmerdeur est arrivé ; avec un mouchoir qu'il tenait sur son nez. Il était là, sur le palier, et il secouait la tête en disant « c'est pas possible, c'est pas possible ». Il a vu le magnétophone et les cassettes, et hop, d'un geste rapide, il en a fauché une, au pif. Pour la vendre aux journalistes, sans doute. Et il est retourné sur le palier en criant « les pompiers, faut appeler les pompiers ! ».

Alors moi, j'en ai profité pour filer. J'ai enjambé le gardien, toujours évanoui, et j'ai couru jusqu'au dernier étage, pour grimper sur la terrasse du toit, par la sortie de secours ! De là, je suis arrivé au-dessous de l'immeuble voisin : les bâtiments se touchent. Dans la rue, en bas, j'ai vu les pompiers, les flics, et des bonnes femmes qui gueulaient que c'était pas croyable.

J'étais à demi soulagé. Tout le monde dans la cité savait que je vivais chez le Coupable, mais personne ne m'avait vu dans l'appartement avec le Visiteur, donc on ne pouvait pas m'accuser !

Les gendarmes, je les avais déjà vus, quelques années plus tôt. À la ferme. Il y avait eu des poules volées et un salaud n'avait rien trouvé de mieux à dire que c'était peut-être moi ! Ils n'avaient même pas fait attention à tous ces racontars, mais je sais bien qu'il faut se tenir à carreau, avec eux…

◆

Gabelou se servit un café. En le buvant à petites gorgées, il écoutait la voix du Coupable, retransmise par le haut-parleur. Le son n'était pas d'une qualité exceptionnelle. Il n'y avait que deux boutons, l'un pour l'intensité, l'autre pour les graves/aigus.

– Il est fou, hein, Léon… ? marmonna Gabelou.

Il était presque décidé à refermer tous les dossiers, à laisser le juge d'instruction se débrouiller avec les bandes. Ce qui le chagrinait, c'étaient les trains. Qu'allaient-elles devenir, ces maquettes ? Il y en avait pour une fortune. On ne pouvait pas en faire cadeau au collège où travaillait le Coupable, ni les lui laisser en prison, s'il s'en sortait. Elles auraient pris trop de place dans une cellule. Gabelou, en douce, s'était déjà approprié la Grant 302, du circuit américain. Elle trônait dans sa bibliothèque. Un modèle réduit magnifique. La cheminée était munie d'un orifice dans lequel on pouvait glisser de petites pastilles fumigènes… l'illusion était parfaite, pourvu que l'on accepte de voir les dimensions de l'espace se réduire.

Je dois parler. J'ai tout dit à Léon, mais il est vieux, peut-être mourra-t-il bientôt, et sa pauvre tête n'est de toute façon pas très solide.

Je dois parler, me confesser, avouer. Je suis heureux. Je l'ai tuée. Elle me harcelait, sans cesse, m'empêchait de vivre, voulait que je passe ce concours, pour gagner plus d'argent, et surtout pour que je devienne un personnage plus important.

Pourtant, je suis très satisfait de ma vie, au collège. J'ai ma classe, une quinzaine de gamins, tout va bien. C'est une CPPN, une classe dépotoir.

Irène, elle, était documentaliste, et avec sa jupe fendue, elle aguichait l'Inspecteur, et aussi le chef de la division des examens à l'Académie, et le pion boutonneux de la cantine.

Elle n'avait pas à se plaindre : on m'a donné un appartement de fonction ; en économisant le loyer, j'envisageais d'acheter une caravane, pour les vacances, à la Camif, les prix sont très avantageux.

Elle n'ira plus en vacances avec la caravane de la Camif, puisque je l'ai tuée. Oh, bien sûr la vie à Altay n'est pas très joyeuse, nous sommes coincés entre le collège et l'usine Citroën, mais il y a pire. Notre petit confort aurait dû lui suffire, elle qui était comme moi, originaire d'un milieu modeste, mais tant pis, elle est bien punie, maintenant.

♦

Ah, oui, je me rappelle bien, ce soir-là, quand il a commencé son journal. Il disait son journal, mais comme il avait tout le temps les mains occupées avec ses maquettes, toujours à rafistoler, à souder, à peinturlurer, il ne pouvait pas écrire, alors il parlait.

Et ce soir-là, quand il disait qu'il avait tué Irène et que les économies de la Camif pour la caravane pourraient servir à racheter des tas de locos, il était très absorbé à monter une petite église en plastique, avec son tube de colle. Il mettait une espèce de gros truc sur l'œil, comme les horlogers, et ça lui faisait une drôle de tête que j'aimais pas beaucoup.

Il faisait bien attention de parler lentement, au début, et après, quand ça s'est corsé, il est devenu moins ordonné.

♦

De ma classe, je vois le bureau qu'occupait Irène, avant que je la tue, pour la punir. J'ai mis des rangées de plantes vertes sur le rebord du muret, et un de mes élèves est spécialement responsable de mettre de l'eau. J'ai un responsable pour tout : Ahmed pour les plantes, Frédéric pour la craie, Julien qui essuie le tableau, Pédro qui ramasse les cahiers, et Youssef qui va porter le courrier ou les circulaires administratives au Principal. Derrière les fenêtres, je vois la cour. Le ciment est tout bosselé, et les arbustes n'en peuvent plus. Le bureau du rez-de-chaussée, avec les rideaux bleus, c'est la salle de documentation, celle d'Irène. De ma classe, je pouvais voir le pion de la cantine, et le surgé lui faire des visites. Elle est punie, aujourd'hui.

Elle voulait que je devienne inspecteur. C'est elle qui m'a poussé à passer le concours interne. J'ai échoué à trois reprises. Il y a longtemps que j'ai arrêté les études, et je me retrouvais dans les épreuves avec des jeunes sortant de la faculté. Sans compter que la pédagogie a beaucoup évolué, et, même si Irène me faisait lire des livres sur Summerhill, je ne pouvais pas m'accrocher indéfiniment. Les devoirs de psychologie : voilà le plus pénible. On s'occupe plus de ce qui est censé agiter la tête des enfants que de leur donner des bases solides : grammaire, calcul. Irène se moquait de moi, de ma blouse, de mes cahiers, avec trois carreaux de marge, on souligne la date en bleu, et le titre de la leçon en vert… n'empêche, ça a fait ses preuves. Et puis je ne me vois pas inspecteur. Bien sûr, le salaire, je ne cracherais pas dessus.

Mais depuis qu'on m'a attribué le logement de fonction, tout va mieux.

Les fenêtres donnent d'un côté sur le collège, les bâtiments des ateliers, et de l'autre, après la pelouse, sur l'usine Citroën. Et ça ne lui suffisait pas, à Irène. Alors j'ai dû la punir. Trois petites pièces, pour nous deux, c'était bien suffisant, pourtant. Oh, ça ne valait pas le pavillon de l'Inspecteur, en plein cœur d'Altay-I, mais quand même, pourquoi tout le temps des goûts de luxe ?

Elle pouvait comparer, ne serait-ce qu'avec les gens travaillant à l'usine. Pas les ouvriers, je ne dis pas, ce serait exagéré, mais les contremaîtres, les agents de maîtrise. Il y en a plusieurs qui habitent notre immeuble. Eh bien, moi, j'ai la sécurité de l'emploi, les vacances, Je suis bien défendu par le syndicat, sans compter les autres avantages : la Camif, la mutuelle, les comptes d'épargne populaire… J'avais ouvert une retraite complémentaire, à nos deux noms, eh bien voilà, elle est punie, puisqu'il n'y a que moi qui en profiterai, maintenant.

Au début, elle était gentille, jamais je ne l'aurais punie, puis tout s'est gâté, au bout de quatre ans. Elle avait la folie des grandeurs, que je gagne des sous, que je commande à tout le monde…

Ce n'était pas mon but dans la vie. Je me contente de peu, je suis modeste. Alors elle se vengeait. Comment ? Eh bien, nous faisions chambre à part… Elle était bien contente de la trouver, la Camif, quand il a fallu aménager une deuxième chambre ; ça en a coûté, des sous. Heureusement, j'avais fait des heures d'études, plus que d'habitude, mais tout y est passé. Et elle voulait des vêtements, toujours plus. Au lieu de jeter un coup d'œil dans le catalogue de la Camif, c'est quand même moins cher, elle allait à Paris, dépenser, et encore dépenser. Il ne me restait plus rien pour mes trains, et j'étais obligé de donner des cours particuliers. Et plus elle dépensait, plus je devais travailler – faire l'étude, la cantine, le samedi après-midi les cours particuliers, pendant les vacances les centres aérés – moins j'avais de temps à consacrer à la préparation du concours d'inspecteur, ce qui prouve bien que quelque chose ne tournait pas rond dans sa tête, sinon, elle aurait moins dépensé. Parce que, elle, elle ne faisait pas la cantine, ni rien, elle n'était pas fatiguée par les gosses qui hurlent sans arrêt. Toute seule, bien tranquille dans sa salle de documentation à roucouler avec les pions, la garce, j'ai bien fait de la punir. Personne ne s'est aperçu de rien, ne me demande rien. Elle est « partie », je leur dis qu'elle est retournée dans sa famille.

J'ai revendu son lit, sa commode, et son appareil à faire de la gymnastique, un vélo sans roue qui avait encore coûté une petite fortune. J'ai mis l'argent sur mon compte d'épargne : à Pâques de l'année prochaine, ce coup-ci, je ne vais pas rater le Salon international du modélisme, à Stuttgart.

◆

Gabelou était allé visiter la classe du Coupable. Il avait vu les plantes grasses un peu anémiques, les photos scotchées sur les murs, toutes extraites de *La Vie du rail* : des paysages verdoyants où fonçaient des trains « corail », des coupes de moteur, des motrices rutilantes… Les cahiers des enfants étaient soigneusement empilés, protégés par des plastiques de couleurs différentes, suivant la matière. Gabelou en avait parcouru quelques-uns, annotés par le Coupable. Son écriture était fine et droite, il n'utilisait qu'un porte-plume, et, sur le bureau, trônait la grosse bouteille d'encre rouge Waterman.

Le Coupable traçait des pleins et des déliés, grondant ses élèves ou les félicitant quand ils avaient réussi. La blouse grise était suspendue au portemanteau, les poches pleines de morceaux de craie blanche. Dans les tiroirs du bureau, on trouvait le registre d'appel rigoureusement tenu, des objets confisqués – pistolets à eau, bandes dessinées, canifs – ainsi que des fournitures scolaires. Près de la porte, à côté de l'emploi du temps, un calendrier de la SNCF : à la date de Pâques, dans la marge, le Coupable avait tracé une croix rouge, et inscrit « Stuttgart », en grosses lettres gothiques.

Gabelou s'était promené dans la cour du collège, nostalgique. Ce collège-là ne ressemblait en rien à celui de son enfance, une lourde bâtisse de pierre, cerclée d'arcades, avec une verrière, des marronniers, une grosse cloche pour annoncer les récréations… Là, on comptait deux bâtiments, disposés pour former un T. Ce n'était que saloperie de tubulures métalliques hachurant des alignements de vitres sales ; une grille faisait le tour de la cour, et, près de la loge du concierge, une sculpture anémique de béton armé, représentant un gros poisson, n'en finissait plus d'agoniser en silence, la bouche grande ouverte…

Gabelou avait secoué la tête, en songeant que ce n'était pas avec une horreur pareille que les gosses, une fois adultes, pourraient sombrer dans des nostalgies d'enfance…

Les bâtiments de la cité faisaient face au collège. Couverts d'affiches syndicales qui protestaient contre les licenciements de l'usine Citroën, ils étaient tous semblables, alternativement crépis d'ocre ou de bleu.

◆

Oh, bien sûr, ça n'a l'air de rien. Mais c'est une grande responsabilité, les enfants. Irène n'a jamais compris ça. Elle passait son temps à faire des photocopies pour le Principal ou à commander des fournitures.

Surtout aujourd'hui, c'est de plus en plus difficile, ils se droguent à quatorze ans, on se demande où ça va finir. Ils mettent de la colle dans un sac de Carrefour, et ils respirent ça. Après, vous pouvez toujours leur demander 8 fois 8... Ils ne comprennent pas cet aspect des choses, ceux qui font passer le concours d'inspecteur. À Summerhill, on ne doit jamais avoir vu de tube de colle. Ils ne font que de la théorie, et moi, je suis un praticien. J'ai commencé avec une classe de quarante-cinq gamins, alors bien sûr, on ne faisait pas le détail...

Irène voyait ça comme une intellectuelle. C'est l'Inspecteur qui lui montait la tête. Avec ses conférences pédagogiques. C'est elle qui préparait le compte rendu, elle savourait tous les grands mots ronflants, et croyait que je n'étais pas capable d'en faire autant, ou même de comprendre.

Et à la maison, elle ne s'occupait de rien. Je devais repasser mes chemises tout seul, porter mes costumes au pressing, alors que madame était à sa gym tonic, à sa danse ou à sa poterie, au centre culturel. Et je préfère ne pas imaginer ce que ça devait donner, avec le moniteur barbu que j'ai rencontré une fois, pour la fête du modèle réduit, à la Maison pour Tous... L'Inspecteur, le pion de la cantine, et le bureaucrate de l'Académie, j'en suis certain, mais le barbu, je ne donnerais pas ma main à couper. Et moi, tintin. Elle fermait la porte de la salle de bains, quand elle prenait une douche, et, si par hasard j'entrais au mauvais moment dans sa chambre, elle disait que je devais frapper !

Quand on écoutera ces confessions, si on les écoute un jour, on comprendra que j'ai agi en conscience, qu'elle méritait le châtiment. Maintenant, ce soir, je vais me coucher, parce que je suis très fatigué, et demain, c'est la journée des compositions. Bonne nuit, mon Vieux Léon...

♦

Moi qu'est-ce que vous voulez, ça me fait de la peine, de l'entendre comme ça. Et de voir Gabelou qui tripote les locomotives avec ses gros doigts – tout à l'heure, il en a fait tomber une par terre – ça me met en colère, mais je ne le fais pas sentir. Ah, lui, le Coupable, il fallait le voir, avec ses trains : ses yeux qui brillaient quand ça roulait, quand la micheline passait l'aiguillage, quand le TGV filait dans le Canyon, vers ma chambre, il était comme un gosse, et ça, Gabelou n'a pas l'air de comprendre.

J'étais content, il riait comme un petit fou, de temps en temps, je jetais un coup d'œil vers la cuisine, vers le congélateur où il avait casé la mégère, et il me donnait une grande claque dans le dos en me disant : « Te fais pas de mouron, Léon, elle nous emmerdera plus ! »

Et c'est venu petit à petit. Un sac, puis un autre, une bouteille vide, un mégot. Il mettait tout ça dans la cuisine. Sur la table, ou par terre, sur le carrelage. C'étaient des sacs bleus, avec une petite ficelle pour faire un nœud. Quand il y avait trop de fouillis, il prenait la pelle, le balai, et il remplissait un sac. Au bout de quinze jours, le congélateur, on le voyait plus, il y avait trop de sacs, autour. Une petite montagne toute bleue. Après, il a dû y avoir quelque chose à Carrefour, les sacs bleus, ils en avaient plus, c'était des rouges. Du coup, ça égayait, c'était moins monotone.

De toute façon, à cette époque-là, ça m'a pas trop inquiété

parce que c'était le début de la grève à Citroën et ça commençait à drôlement chauffer partout, je faisais attention de pas trop traîner dans la rue, à mon âge, on a vite pris un mauvais coup. Et avec la grève des voitures à Citroën, les éboueurs ont croisé les bras aussi, dans les rues, il y avait plein de tas de sacs bleus et rouges, comme chez nous. Des voyous y mettaient le feu, de temps en temps, on voyait des nuages de fumée toute noire, ça prenait à la gorge.

Un matin, le 15 mai, j'ai bien failli me faire avoir dans la rue, parce que ceux de Citroën faisaient une manif, et les flics sont venus dans la cité. Les gamins leur jetaient des sacs d'ordures, ils étaient beaux à voir, tiens, avec des coquilles d'œufs sur la tête et du marc de café plein les épaules.

Mais ça pouvait pas durer trop longtemps, et les éboueurs ont tout ramassé, seulement voilà, lui, le Coupable, il entassait encore de nouveaux sacs contre la montagne de la cuisine, et du coup, il aurait fallu être devin pour savoir qu'il y avait un congélateur avec une garce dedans, derrière tous ces sacs bleus et rouges.

Un jour que je regardais les sacs, inquiet, parce que je savais bien qu'on aurait des ennuis, tous les deux, à force, il m'a dit : « Allez Léon, on n'y pense plus. » Et il a fermé la porte de la cuisine, en clouant des planches dessus. « T'es content comme ça, Léon ? » C'était déjà ça, on ne voyait plus rien. Il a construit un petit pont en plastique, pour le circuit américain, en parlant à son magnétophone, mais moi, je suis allé me coucher dans ma chambre, fatigué ; j'avais passé toute la journée autour de Citroën, à regarder l'animation, et à mon âge, on récupère pas bien vite.

Le lendemain soir, il a mis un nouveau sac, un rouge, devant la porte clouée, en haussant les épaules.

♦

... l'important, mon Vieux Léon, c'est de rester propre. Voilà ma morale, à moi. Je sais que ça peut porter à sourire, mais rira bien qui rira le dernier. On n'en fait plus, des leçons de morale, à l'école, évidemment. C'est démodé. Peut-être que nous sommes démodés, nous deux, Vieux Léon ?

Rester propre, c'est-à-dire ne rien devoir à personne, ne pas avoir de compte à rendre, à qui que ce soit, pouvoir marcher la tête haute, à la face du monde, fier de soi, de sa vie, même si c'est une petite vie rangée.

Et ce n'est pas si facile à mener, une vie, ça tire à droite et à gauche, ça vous secoue, ça se cabre, la vie, ça renâcle, ça ne veut pas aller où on voudrait, ça résiste. Rester propre, c'est ne pas avoir besoin des autres, ne rien quémander, subvenir soi-même à ses besoins... Moi, même quand je serai vieux, personne ne pourra rien me reprocher, j'ai cotisé à la caisse de retraite complémentaire, j'aurai mes économies.

Toi, Léon, oh, je ne te reproche rien, tu as mené une existence de patachon, mais c'était différent. Et j'accepte de te secourir, parce que je suis bon. Mais mon Irène, c'était du gâchis, on croque la pomme, deux bouchées, et on la jette, sans se demander le prix de la pomme. Ce n'est pas pour les pommes que je dis ça, c'est une image.

Il faut être propre, net, ne pas provoquer l'envie, mais ne pas y céder, voilà ma ligne de conduite. Regarde – moi, je vais faire ma classe, est-ce que j'ai besoin de porter un costume ? Non, puisque de toute façon, je mets une blouse, à cause de la poussière de la craie, et de l'encre, aussi. Eh bien, malgré tout, j'ai toujours des vêtements impeccables, on ne peut pas m'accuser de négligence.

Ce n'est pas comme le pion de la cantine, on dirait un

clochard, celui-là, ce n'est pas parce que l'on est étudiant qu'on doit se laisser aller.

Et mon costume, il n'est pas d'aussi bonne qualité que celui de l'Inspecteur, peut-être, il n'est pas très à la mode, mais je te jure, Léon, qu'il est mieux repassé, et jamais je ne mets la même chemise deux jours de suite. C'est ma dignité, je suis peut-être très bas dans l'échelle, mais je suis impeccable. On ne m'a jamais vu boire plus qu'un petit verre, on n'a jamais eu le moindre reproche à m'adresser, et la preuve en est que je suis très bien noté.

Au pot de Noël, il en tenait une bonne, l'Inspecteur. Môssieu l'Inspecteur ! Ah oui, ça se donne de grands airs, ça prend des mines de gens supérieurs, et total, ça se montre soûl en public, c'est du joli. Et Irène gobait tout ça, sans avoir honte. Comme si la vie qu'elle menait avec moi ne lui avait rien apporté.

Et si tu veux savoir, les enfants le sentent, ils me respectent à cause de ça. Je n'ai jamais de chahut, tout le monde m'aime bien, et quand je vois les jeunes avec leur pédagogie moderne, qui ont toujours du bruit dans leur classe, ça me fait bien rigoler, mais je ne dis rien, puisque l'Inspecteur trouve ça très convenable. Tout part à vau-l'eau, mon pauvre Léon, je sens que tout s'effiloche, mais il faut résister...

Gabelou somnolait à demi, en écoutant la bande. Il se leva de son fauteuil, s'étira et sortit dans le couloir chercher un autre café. Léon s'était assoupi ; dans le sommeil, il paraissait encore plus vieux. Gabelou prit une couverture qui traînait sur un classeur et en couvrit Léon, qui tressauta sans toutefois s'éveiller.

Tout était là, sur le bureau, les modèles réduits, les cassettes, la hache, et Gabelou en avait par-dessus la tête. Il suffisait d'appuyer sur une touche pour entendre cette voix raconter son enfer, tout était si simple, carré, « net et propre » comme aurait dit le Coupable, tout s'imbriquait.

À quoi bon lui en coller d'autres sur le dos, à ce pauvre type ? On en savait assez pour lui faire terminer sa vie dans une prison, ou peut-être dans un département de psychiatrie un peu musclé, alors pourquoi fouiller dans les ordures ?

Mais tout le monde voulait savoir, en avoir le cœur net, l'Emmerdeur en premier lieu, avec la Compagnie sur ses talons, la Compagnie et son fric qu'elle ne se résignait pas à lâcher. Gabelou était près de céder à l'écœurement, à la pitié et à sa propre fatigue.

Il téléphona à la salle Cusco, à l'Hôtel-Dieu. Mais la ligne était encombrée, il ne put obtenir de réponse. Alors il se décida à sortir. Il réveilla le planton de garde, avachi sur une chaise au coin du couloir, et lui recommanda d'ouvrir l'œil sur le Vieux Léon. Celui-là, il ne savait pas, mais alors pas du tout, ce qu'on allait en faire.

Gabelou descendit les étages, son manteau jeté sur les épaules ; il quitta les Orfèvres, traversa le pont. Dans la nuit neigeuse, la lourde silhouette de Notre-Dame se dressait, incongrue, hérissée de ses gargouilles. Gabelou frissonna.

À l'entrée de l'Hôtel-Dieu, un fourgon de Police-Secours attendait, le gyrophare lançait ses éclairs bleutés, illuminant les flocons de neige par intermittence. La barrière des urgences s'ouvrit enfin, et le car disparut. Gabelou pénétra à son tour dans l'hôpital, saluant au passage les infirmiers de garde. On s'affairait autour d'une civière. Des ombres vêtues de blanc sillonnaient les couloirs sous l'œil indifférent du néon des veilleuses. Un ou deux malades insomniaques erraient, d'un pas lent, emmitouflés dans leur robe de chambre.

Gabelou se présenta à l'entrée de la salle Cusco. Le Coupable était passé au bloc opératoire dans l'après-midi et, jusqu'à présent, ne s'était pas réveillé de l'anesthésie. Deux flics en civil discutaient en compagnie des plantons qui gardaient la salle, mitraillette en bandoulière. La veille, deux braqueurs s'étaient fait surprendre devant une succursale de la BNP, et ils avaient passé un sale quart d'heure. Eux aussi s'étaient retrouvés sur le billard ; on les avait délestés des balles tirées lors de la fusillade.

Le Coupable était tout au fond de la salle, dans un petit box. Des perfusions lui pénétraient la saignée des coudes, et il avait sur le nez, enfoncés dans les narines, des tubes à oxygène.

Il était méconnaissable, ainsi grimé. Gabelou avait vu des photos, dans le dossier. C'était un type au visage un peu mou, sans barbe ni moustache, et au front dégarni, déjà, malgré ses trente-cinq ans. Chez lui, on avait retrouvé, dans le fouillis, des capsules de produits censés lutter contre la chute des cheveux…

Il respirait lentement, allongé sur le dos, les bras le long du corps. Un interne de garde vint voir Gabelou. Il n'y avait rien de nouveau, le cœur tenait bon, mais pour le reste, on ne pouvait pas savoir.

Gabelou soupira en songeant qu'il suffisait peut-être de tirer un coup sec sur les tuyaux pour avoir la paix. Au bout du compte, vie foutue pour vie foutue… Et au moins, tout serait réglé ! Mais on ne fait pas des choses pareilles, ou alors, exceptionnellement…

L'un des deux braqueurs de la BNP venait tout juste de s'éveiller et commençait à râler. C'était insupportable. Gabelou remercia l'interne et quitta la salle Cusco.

Sur le parvis de l'hôpital, il hésita, se demandant s'il pouvait rentrer chez lui, laisser le Vieux Léon tout seul, là-haut.

D'un pas lourd, il revint vers la bâtisse du quai des Orfèvres. Léon n'était plus dans le bureau.

Arrêt sur lecture 1

La partie « La Bête » comporte 18 séquences.

Le paratexte

On appelle « paratexte » l'ensemble des éléments qui, en dehors du texte lui-même, constituent l'objet-livre : préface, postface, notes, illustrations, couverture. Quant au titre, nous préférons le considérer comme le premier élément du texte. Il va de soi que les éléments du paratexte ne sont pas choisis à la légère. Ils correspondent à une démarche éditoriale, une intention, une action sur l'hypothétique pré-lecteur.

La couverture de l'édition originale de *La Bête et la Belle* comportait les repères de la Série Noire : cadre jaune, fond noir, nom de l'auteur en caractères jaunes… Elle comportait aussi une illustration qui mérite d'être décrite. Son motif principal est une poubelle plus que pleine, couvercle soulevé et souillé par une tomate écrasée. Derrière la poubelle, un cageot et un sac en plastique bleu, sur fond de carrelage de cuisine. De la poubelle, véritable corne d'abondance, débordent des attributs

Gérard Failly a illustré la couverture du numéro 2 000 de la Série Noire. Si vous l'aviez repérée sur l'étalage d'un libraire, vous aurait-elle donné envie d'ouvrir le livre ?

féminins érotiquement connotés : chaussures roses à talons aiguilles, bas gris et noirs. Sur le bord descendent des traînées rouges, peut-être du sang. Le lecteur pouvait donc s'attendre à une sale histoire, à une histoire sale, une histoire de femme symboliquement ou réellement jetée à la poubelle.

Sur la quatrième de couverture figurait une publicité pour les cigarettes Bastos blondes, ces deux mots évoquant respectivement les armes, la violence, et la féminité. On pouvait aussi y lire ce texte de présentation :

« Léon est vieux. Très vieux. Léon est moche. Très moche. Léon est sale. Vraiment très sale ! Léon se tient très mal à table. C'est dans sa nature... C'est triste ? Non : Léon a enfin trouvé un ami, un vrai de vrai ! Seulement voilà, le copain en question est un peu dérangé. Parfois dangereusement. Mais Léon est indulgent envers ses amis. Pas vous ? »

Le titre

Comme nous l'avons souligné en ouverture de ce texte, le titre *La Bête et la Belle* renvoie à deux genres dont le code va être détourné : le conte de fées et le roman policier.

La transformation subversive de titres participe d'un esprit burlesque* qui parodie* une littérature déjà faite et réputée noble. Il y entre aussi un clin d'œil culturel comportant plus ou moins d'affection reconnaissante ou d'irrespect. Le roman populaire et le roman policier ont pratiqué cette transformation de titres d'œuvres littéraires puis de films. Par exemple, Michel Zévaco avait, par référence à *La Reine Margot* d'Alexandre Dumas, intitulé l'un de ses livres *La Reine d'argot*. Aujourd'hui, la collection Le Poulpe use abondamment et joyeusement du procédé : *Nazis dans le métro* de Didier Daeninckx, *Les sectes mercenaires* de Bertrand Delcour, *La lune dans le congélo* d'Alain Raybaud…

L'avant-récit

Appelons ainsi ce texte qui commence par « Il était une fois » et précède la première partie du roman, « La Bête ». Texte très important parce qu'il indique une intention, comporte un avertissement et des indices, ne serait-ce que sur la structure de l'ouvrage : 1) La Bête, 2) Le Palais, 3) La Belle. Important aussi parce qu'il faut le mettre en relation avec le titre du roman et sa fin («Personne ne se maria, personne n'eut beaucoup d'enfants. ») Ce pré-texte met en place le début stéréotypé d'un conte pour

« La Belle, voulez-vous être ma femme ? », pouvait-on lire au bas de la gravure de Texier illustrant le conte original (1757). Point n'est besoin d'être une bête pour être un monstre selon Jonquet : il suffit d'être humain...

s'en démarquer ensuite, avec une violence matérialisée par la typographie : « H-A-L-T-E !!! ».

Thierry Jonquet n'a retenu du conte de Jeanne-Marie Leprince de Beaumont que le titre, mais il est intéressant de lire ce conte, qui débute ainsi :

« Il y avait une fois un marchand qui était extrêmement riche. Il avait six enfants, trois garçons et trois filles, et comme ce marchand était un homme d'esprit, il n'épargna rien pour l'éducation de ses enfants, et leur donna toutes sortes de maîtres.

Ses filles étaient très belles ; mais la cadette surtout se faisait admirer, et on ne l'appelait, quand elle était petite, que la « Belle enfant » ; en sorte que le nom lui resta, ce qui donna beaucoup de jalousie à ses sœurs. »

On retrouve bien dans ces lignes tout ce que Jonquet veut fuir : une époque révolue, un milieu social très favorisé, un excès de beauté.

Les deux premières séquences : l'exhumation

La mise en place d'une intrigue

Faut-il insister sur le rôle des premières pages d'un roman, surtout quand il s'agit d'un roman policier ou noir ? Le récit commençant par une date («10 janvier... »), l'attention du lecteur est attirée sur l'importance du temps. *Du passé faisons table rase* de Thierry Jonquet est rythmé par des indications de dates (automne 72, avril 1935, octobre 1978...). La première phrase de *Mémoire en cage* est : « Il est neuf heures. » Dans le dernier roman de cet auteur, *Moloch*, les parties ont pour titre les jours de la semaine. La première séquence de *La Bête et la Belle* recèle d'autres indices temporels : « gelée blanche », « matinée », « tournée » du boulanger... Le lecteur devra surveiller la montre et le calendrier.

Nous sommes dans un cimetière provincial où a lieu l'exhumation d'un enfant, mort il y a moins d'un mois. Sont présents le frère de l'enfant et les représentants des institutions, commissaire, médecin légiste, gendarmes, employés municipaux. Tout semble se mettre en place pour un roman policier classique dont le problème serait : l'enfant a-t-il été assassiné ? Aux questions du commissaire Gabelou, le médecin légiste apporte des réponses qui éliminent la thèse de l'assassinat. Le commissaire se rallie à son point de vue, on revisse le cercueil, l'affaire est classée : étrange début pour un roman policier qui semble mort-né.

La mise en place du noir

Les premières pages du roman donnent le ton. En matière de roman noir, on pourrait dire la couleur. La première scène étant celle d'une exhumation, le noir est posé. Dès la première phrase («Les cordes crissaient sur le bois du petit cercueil»), nous entrons dans la dureté, y compris celle des sonorités des mots. L'option réaliste consiste à ne pas occulter les aspects les plus douloureux ou les plus laids du réel, ce qui conduit souvent l'auteur à les privilégier, à les accumuler. La roue de la brouette, à moitié rouillée, grince ; le frère vomit… Mais c'est dans l'évocation du corps que Thierry Jonquet pousse son option à son paroxysme, allant jusqu'à un certain humour macabre quand il fait tenir au médecin légiste des propos d'esthète sur la qualité de la « restauration » du corps.

L'intrigue

Après le faux départ des deux premières séquences, l'intrigue, qui semblait simple et résolue, va se démultiplier. Dans la séquence 4, le commissaire Gabelou se montre moins certain que dans ses affirmations au frère de la victime sur la mort de l'enfant («Il a glissé du marchepied du train, c'est tout »). Au commissaire d'Altay-II qui lui demande s'il a trouvé quelque chose, il répond : « Non… Rien pour le moment. » Son collègue fait allusion aux « radotages d'un fou » qu'il ne faut pas prendre en considération : la situation apparemment fermée se réouvre. Et on apprend dès la séquence 3 que la mort de l'enfant n'est pas la seule à intéresser la police et l'Emmerdeur. Il est fait allusion à deux autres affaires, celle du Commis-Boucher et celle de la Vieille. Dans la séquence 5, on apprend une autre mort, celle du Visiteur. Depuis la séquence 4, on sait que quelqu'un est au courant de tout, le Vieux Léon… Le travail du romancier est manifestement de dérouter, d'intriguer le lecteur à mesure qu'il l'informe. Le lecteur méfiant dont parle Borges doit donc tenter de jouer le jeu dans cette partie où il est engagé. Il doit essayer de comprendre la stratégie de l'auteur. Celui-ci, pour différer l'information, garder les cartes majeures, dispose de deux principales techniques : le jeu avec le temps et les changements de point de vue.

Le jeu avec le temps : fiction et narration

La fiction* est l'histoire telle qu'on peut la reconstituer dans l'ordre chronologique des événements ; la narration* est la mise en scène ou la mise en texte de cette fiction. La prise en compte de ces deux notions est capitale pour la lecture d'un roman policier ou noir : le lecteur reçoit selon l'ordre de la narration des informations qui ne suivent pas l'ordre chronologique de la fiction. Cela permet à l'auteur de ménager les lacunes qui lui sont indispensables, cela oblige le lecteur à un effort de remise en ordre, de remise en relation. Comme Gabelou qui se donne « beaucoup de mal à classer les bandes dans un ordre chronologique ». On peut voir dans cette image des bandes magnétiques en vrac dans un sac l'équivalent de ce qu'est, sur le plan de la structure, le roman de Thierry Jonquet.

Tentons de remettre en ordre les informations distillées durant la première partie, en appelant - 1 l'année qui a précédé ce 10 janvier :

– Vieux souvenirs de Léon.
– Mars - 1 : Rencontre entre le Coupable et Léon.
– Avril - 1 : Le Coupable annonce à Léon qu'il a tué sa femme et qu'il l'a cachée dans le congélateur.
– Mi-avril - 1 : Léon s'installe chez le Coupable.
– Avril-septembre - 1 : Période d'amitié tranquille entre le Coupable et Léon.
– Date imprécise : Mort du Commis-Boucher.
– Octobre - 1 : Mort de la Vieille.
– Décembre - 1 : Mort du Gamin.
– 2 janvier : On « retrouve » le Coupable et le Visiteur.
L'Emmerdeur vole une cassette.
Arrestation du Coupable.
Fuite de Léon.
– 6 janvier : Début du séjour de Léon dans le bureau de Gabelou.
– 10 janvier : Matin : exhumation du corps du Gamin.
Après-midi : rendez-vous de Gabelou avec le commissaire d'Altay-II.
Soir : Gabelou va voir le corps du Visiteur à la morgue.
Il va voir le Coupable en salle de réanimation.
Retour à son bureau : Léon a disparu.

Les changements de points de vue

Après les quatre premières séquences où les événements sont rapportés par le narrateur, le pronom personnel change brusquement. On passe de la troisième personne du singulier au « je », placé en première ligne de la séquence 5 : le Vieux Léon parle.

S'il faut, au cours de la lecture de tout roman, se demander « Qui raconte ? » et « Qui perçoit ? », cette nécessité s'impose plus encore dans *La Bête et la Belle*. L'auteur a décidé de faire varier les points de vue pour gagner du temps et nous entraîner dans un labyrinthe. Les rôles sont répartis entre le narrateur, le Coupable dont nous entendons les cassettes et Léon, dont nous suivons le monologue intérieur. Les avantages techniques sont évidents : les différents raconteurs ne savent pas les mêmes choses, ils n'ont pas les mêmes sentiments, les mêmes intérêts. Léon sait tout, paraît-il, mais il est le copain et le complice du Coupable, lequel en sait beaucoup — et pour cause —, mais peut-on le croire totalement ? Quant au narrateur, il est le complice de l'auteur…

Les personnages

Dans un roman policier ou noir, les personnages ne sont pas seulement des acteurs ayant une fonction dans l'intrigue. Le romancier les utilise pour susciter chez le lecteur des hypothèses, un investissement positif ou négatif. Les sympathies et antipathies ainsi créées participent au jeu de pistes, permettant aussi bien l'engagement du lecteur que son égarement.

Mais ces éléments positifs ou négatifs attribués aux personnages impliquent aussi un système de valeurs qui donne au roman sa dimension idéologique. Le roman policier est aisément manichéen*, mettant en jeu l'affrontement du Bien et du Mal, du Juste et de l'Injuste, de l'Ordre et du Désordre. Chez Thierry Jonquet, la ligne de démarcation s'est déplacée. Les personnages les plus négatifs, l'Emmerdeur et Irène, ont en commun d'être de leur temps. Lui travaille pour une compagnie d'assurances après avoir fait des affaires peu ragoûtantes : « un vautour de la Crise ». Elle aspire à l'ascension sociale, l'argent, la consommation, fait de la gym tonic. À l'inverse, Gabelou, Léon et le Coupable ne sont pas de leur temps. « Plus dans le coup », ils refusent la modernité, cultivent les nostalgies.

Le partage se fait donc entre adaptation et inadaptation. Compte tenu de l'image donnée par Thierry Jonquet de la société actuelle, il y a quelque mérite à la marginalité. Mais celle-ci présente aussi des risques sur le plan psychologique. Roman non manichéen, *La Bête et la Belle* offre un éventail de possibilités, entre les laideurs de l'adaptation et l'ambivalence de l'inadaptation au monde tel qu'il est.

Un immeuble de la banlieue parisienne (Sarcelles) : l'angle de la prise de vue donne le vertige. L'accumulation des rectangles accentue l'effet d'entassement (photo P. Zachmann).

Les lieux

« Le roman policier se passe dans un univers clos », écrivait dans *Puissances du roman* Roger Caillois, qui voyait là une similitude entre roman policier et tragédie classique. De la règle des trois unités, Thierry Jonquet n'a retenu que l'unité de temps puisque l'on suit le commissaire Gabelou du 10 janvier au lendemain matin. Mais la ramification, l'éclatement même de l'intrigue s'accompagne d'une diversité de lieux, que l'on peut classer ainsi :

– Les lieux de l'institution policière et judiciaire.

– Les lieux de la réalité sociale et urbaine : la banlieue, le collège en préfabriqué, l'usine… À cet univers s'opposent les lieux rêvés d'un passé ou d'un ailleurs, l'Altay d'avant ou le Ventoux.

– Les lieux de la mort : le cimetière, la morgue, la salle de réanimation.

– Le lieu de la folie : l'appartement du Coupable.

Les lieux ne jouant pas un rôle dans l'intrigue elle-même, ils ont la même fonction que les villes, les quartiers, les maisons, les appartements dans les romans de Balzac, en vertu d'un lien social et quasiment biologique reliant les hommes à leur cadre de vie. Les personnages abîmés de *La Bête et la Belle* vivent dans une banlieue délabrée, tellement semblable aux poncifs* que sa description peut passer pour un « mauvais cliché* » :

> **Le CES de préfabriqué, le Centre Culturel désert, la Cafétéria du supermarché squattée par des loubards désœuvrés, les bandes de gosses jouant au foot dans les parkings souterrains** (séquence 4).

Dans la séquence 15, Gabelou va visiter la classe du Coupable. Thierry Jonquet utilise ici un procédé balzacien, le portrait indirect d'un personnage par l'intermédiaire du lieu où il vit. Dans *La Cousine Bette*, Balzac décrit ainsi la chambre de M. Marneffe :

« La chambre de monsieur, assez semblable à la chambre d'un étudiant, meublée de son lit de garçon, de son mobilier de garçon, flétri, usé comme lui-même, et faite une fois par semaine ; cette horrible chambre, où tout traînait, où de vieilles chaussettes pendaient sur des chaises foncées de crin dont les fleurs reparaissaient dessinées par la poussière, annonçait bien l'homme à qui son ménage est indifférent, qui vit au-dehors, au jeu, dans les cafés ou ailleurs. »

De la même manière, la classe du Coupable annonce un homme méticuleux, soucieux d'ordre (cahiers « soigneusement empilés », « registre d'appel rigoureusement tenu »), un enseignant attaché à l'école de l'ancien temps («porte-plume», « encre rouge Waterman », « pleins et déliés », « blouse grise »), et un passionné des trains qui affiche, sur son lieu de travail, des photos extraites de *La Vie du rail*.

à vous...

1 – Analysez le texte qui figurait sur la quatrième de couverture de l'édition originale, cité page 66. Quelles informations donne-t-il ? Quelles attentes et quelles hypothèses permet-il ?

2 – Analysez de la même manière la couverture de la présente édition : quelles informations, quelles attentes, quelles hypothèses ?

3 – Voici une liste de titres résultant de la transformation d'un titre préexistant d'œuvre littéraire ou de film :
Aime le Maudit, **de Pierre Siniac**
Les enfants du père Eddy, **de Pierre Siniac**
Mère Carnage, **de Georges J. Arnaud**
Loubard et Pécuchet, **de Michel Lebrun**
Le Grand Môme, **d'A. D. G.**
Un détour par l'enfer, **de Jean Mazarin**
Ô tante en emporte le vent, **de Jean-Nicolas Baudrin**
Au Bonheur des ogres, **de Daniel Pennac**

Le Petit Chaperon rose, de Charly Boyadjian
Le onzième petit nègre, de Jacquemard et Sénécal
– Identifiez le titre originel, puis analysez le processus de transformation.
– À votre tour, transformez des titres de romans ou de films.

4 – Dans l'avant-récit, comment s'opère la démarcation par rapport à l'univers des contes de fées ?

5 – Examinez le calendrier reconstitué (p. 70-71). Quels sont les grands manques en matière d'information ?

6 – Relevez les informations selon l'ordre dans lequel elles apparaissent dans la narration*. Comparez cette série avec l'ordre chronologique du calendrier reconstitué.

7 – Quels sont les effets de la technique du changement de point de vue sur l'information du lecteur ?

8 – Faites apparaître dans un tableau ce que le Coupable, Gabelou et Léon ont en commun dans leur histoire, leur comportement, leurs idées.

9 – À la fin de la partie « La Bête », quels éléments semblent acquis ? Que reste-t-il à élucider ?

LE PALAIS

Gabelou courut jusqu'au bout du couloir, et heurta de plein fouet le planton.

– Où est Léon ? hurla-t-il.

– Léon ? bredouilla le planton, il a demandé à pisser, alors je l'ai accompagné, mais il est revenu dans votre bureau, après !

Gabelou agrippa le type et ils coururent tous deux jusque dans la cour.

– Bon, dit Gabelou, ça fait moins de cinq minutes, il ne doit pas être loin, il ne marche pas vite. Allez, on cherche !

Il rameuta deux autres gardiens, en les prévenant que, s'ils ne retrouvaient pas Léon, il y aurait de la mutation vers la lointaine banlieue dans l'air…

Ils se dispersèrent, en étoile, vers le Palais de Justice, la place Dauphine, Notre-Dame. Gabelou, lui, s'était élancé sur le pont, en direction de la place Saint-Michel.

Il était près de 3 heures du matin, et les passants n'affluaient pas. Une bande de clochards, affalés sur les grilles d'aération du métro, devant Gibert-Jeune, saluèrent Gabelou à grand renfort de refrains paillards. Ils devaient avoir touché le gros lot, à en juger par l'orgie de bouteilles de mauvais vin qui gisaient auprès d'eux. La neige tombait dru, recouvrant le trottoir, les voitures en stationnement. Gabelou dérapait sur ses semelles glissantes. C'est trop con, pensait-il, il suffit qu'il cavale dans une rue que je ne vois pas, et il va disparaître…

Des fêtards surgirent sur le boulevard, l'un d'eux jouait de la trompette, un autre soufflait dans un saxo. Ils devaient sortir d'un club de jazz, et buvaient du champagne à la bouteille, tétant le goulot à tour de rôle. Une femme très éméchée, en robe de lamé noir et hauts talons, glissa juste devant Gabelou et faillit s'étaler de tout son long sur une rangée de poubelles alignées contre la devanture d'une gargote grecque. Mais le commissaire détourna la tête, se haussa sur la pointe des pieds pour apercevoir l'enfilade de la rue de la Huchette. Léon n'y était pas. Peut-être se terrait-il dans le renfoncement d'une porte cochère… Ou bien courait-il sur le boulevard, plus haut, vers Cluny ?

La fêtarde ivre se redressa en protestant contre le manque de prévenance de Gabelou, des insultes fusèrent. Gabelou leur fit un bras d'honneur, à elle et à ses compagnons, et les bouscula pour descendre la rue Saint-Séverin. Au hasard. Mais il n'y avait pas de Léon en vue. Alors, d'un pas lent, il revint vers les quais, face à Notre-Dame. Au loin, il aperçut son planton, celui qui était responsable de l'évasion de Léon, là-bas, de l'autre côté du pont. Le type avançait en tapant fort des pieds, afin de lutter contre le froid. Ils se rejoignirent sur le parvis de la cathédrale, et, brusquement, en réprimant une quinte de toux, le gardien désigna du doigt le square qui borde Notre-Dame. La silhouette du Vieux Léon filait dans la nuit ourlée de blanc, bondissant de bosquet en bosquet.

– Nom de Dieu…, souffla Gabelou.

Déjà il enjambait la rambarde et courait silencieusement à la poursuite de Léon, qui l'aperçut enfin alors qu'il atteignait l'autre extrémité du square.

– Fais pas le con, Léon ! cria Gabelou. De toute façon, je vais te rattraper… Arrête-toi là ! Hein ? Où tu vas aller ? Fais pas le con, bouge plus…

Gabelou l'avait presque rejoint, et ils se dévisageaient, à deux pas l'un de l'autre. Je ne vais quand même pas sortir mon flingue, songea Gabelou, c'est ridicule… Le pauvre vieux ! Léon tourna la tête, pour juger de la distance le séparant du carrefour, des ruelles de l'île Saint-Louis. Il apprécia la hauteur du parapet puis se décida à capituler. Il avança vers Gabelou.

Il y avait une borne d'appel toute proche, et moins de cinq minutes plus tard, un car de Police-Secours venait les chercher. Gabelou aida Léon à monter, puis, arrivé au Quai, il le reconduisit dans son bureau.

Sans un geste de protestation, avec une lassitude infinie, Léon reprit sa place, s'asseyant dans le fauteuil. Il se remit à dévisager Gabelou de son regard inexpressif, à tel point que l'on pouvait se demander s'il se sentait concerné par tout cela. Oui, sans doute, puisqu'il avait tenté de s'évader. Gabelou l'engueula :

– Recommence plus, Léon, ou ça va chauffer ! On te dit de rester là, et tu restes là, t'entends ? C'est moi qui décide. Bon. Je suis allé le voir, à l'hôpital. Il ne va pas très bien. Je t'emmènerai demain, si tu veux, tu pourras lui dire bonjour. Mais ne cherche pas à filer. J'ai besoin de toi, moi…

◆

Et voilà, je me suis fait de nouveau coincer. Oh, il n'a pas à en tirer de la gloire, le Gabelou. C'est plus à mon âge, avec mes douleurs dans les reins, que j'aurais pu faire la course. Et puis il neigeait et ça glissait drôlement par terre, sans compter que j'étais perdu, moi, dans ce quartier. J'ai jamais fréquenté ces coins-là. Et je le voyais déjà sortir son pétard, le Gabelou, me mettre en joue, oh, c'est pas que ma vieille carcasse mérite d'être ménagée, mais de là à se faire tirer dessus, merci bien. À Altay, je me suis fait canarder, une fois, par les copains de Gabelou, ceux qui se mettent tout en bleu avec des casques et des boucliers, des fusils et des matraques. C'était pendant les grèves à l'usine de voitures, et tous les gars étaient dans les rues, à crier et tout d'un coup, ça a valsé, les boulons, les pavés, et les autres, ils n'ont pas attendu la fin de la pluie, pan, ils ont donné leur fumée qui fait pleurer. Moi, je regardais tout ça, d'un peu plus loin, et j'ai reçu une boîte de conserve avec du gaz dedans. J'ai filé aussi vite que j'ai pu, mais je ne pouvais pas rentrer chez nous parce que le Coupable fermait à clé. J'étais coincé. Alors je suis allé devant les fenêtres de sa classe, au collège, et il m'a vu. Il est sorti, avec sa blouse, en abandonnant ses garnements pour venir m'ouvrir. J'avais eu chaud. Du coup, les autres manifs, après, je les regardais de derrière la fenêtre, bien à l'abri.

Alors je sais ce que c'est, de se faire tirer dessus, et même si Gabelou n'est pas le mauvais bougre, allez donc savoir ce qui peut passer dans la tête des gens. Il m'aurait rectifié, comme ça, au petit matin, dans la neige, et personne ne serait venu se plaindre. On m'aurait jeté dans un trou, ni vu ni connu, oublié, Léon. Même, Gabelou aurait pu dire que je lui avais sauté dessus, que j'étais un vrai enragé ; il faut se méfier.

Donc je me suis rendu, et je n'ai pas honte. Dans ma vie, j'ai toujours eu à courber la tête. Et voilà que j'apprends que ce pauvre Coupable est toujours dans son lit d'hôpital, tout seul, malheureux…

Ah, pourtant, il n'a plus de soucis à se faire, tout est réglé. À la maison, ils ont tout déménagé, il leur a fallu du temps.

C'est des petits jeunes, il paraît, qui vont venir s'installer chez nous.

Parce que le Coupable, il n'aura plus besoin d'appartement, Gabelou va lui en dégotter un tout chaud. Nourri, logé, peut-être qu'il y aura une petite place pour moi ?

Et si Gabelou trouve encore des preuves, pour la Vieille, le Commis-Boucher et le Gamin, on dira que le Coupable est un super-coupable, moi un super-complice, et on aura droit à un traitement de faveur ? Alors, il faut peut-être avouer, en bloc, leur dire mais oui, c'est nous, on est des salauds, des pires-que-tout, crac, foutez-nous dedans ! Puisque le Visiteur, apparemment, ça ne suffit pas…

Pourtant, il leur raconte tout, dans ses bandes, le Coupable. Gabelou, c'est un scrupuleux. Il veut du concret. Doit avoir des origines de la campagne, cet homme-là.

◆

Oui, Gabelou a de grosses mains de paysan. Il n'a pas travaillé la terre longtemps, seulement durant les années de sa jeunesse, avant de venir s'installer à Paris. Mais, de cette époque, il a conservé la démarche pesante, les gestes économes, le silence têtu. Et les mains : épaisses, solides, velues, creusées de cicatrices, de gerçures. Quand il retourne chez lui, au pied du Ventoux, il travaille à retaper la maison familiale et s'écorche en entassant les pierres qui servent à construire les murets jalonnant ses terres. Les doigts sont trapus, l'ongle est large et ce n'est pas ce type de main qui est requis pour manier le papier-pelure ultra-fin des archives de la PJ.

Gabelou a ouvert le dossier de la Vieille, il s'énerve à séparer les feuillets où sont consignés les témoignages, se salit en tripotant les doubles de carbone.

Le dossier n'est pas très épais. Il y a une photographie de la victime, morte le 5 octobre. Un compte rendu d'autopsie, plus quelques ragots recueillis auprès des voisins, concernant ses rapports avec l'entourage. La première pièce, cependant, n'est autre que le rapport laborieusement tapé – si l'on en juge par les fautes de frappe et d'orthographe qui émaillent consciencieusement le texte – par le brigadier Dufour, en poste au commissariat d'Altay-II :

Dufour Jean Gabriel. Brigadier. Mle 67 843.

XXX – constatons que ce présentent devant nous ce jour Latros Emilio néx le 18/7/34 à Sétubal (portugal) lequel, ne parlant français qu'imparfaitement déclare être gardien de bloc à la cité dite des Lilas Bleus.

– le susnommé nous dit alors avoir accomplit à la demande d'une habitante de l'immeuble n° 12 rue de la Libération Madame (veuve) Louisette Mulier une inspection dans l'appartement de Mademe Petit Mélanie habitant au 12 mais n'étant pas venue au club du troisième age de la maison pour tous ce, deouis trois jours.

11me BT. – le susnommé nous dit alors avoir découvert le corps de Madame Petit Mélanie dans la chaxmbre, et aussi tot averti les pompiers.

– nous nous sommes alors rendu sur place pour constater le décès de Petit Mélanie, par suite d'un suicide par le moyen du gaz. D'autres voisins confirment avoir appelé EDF pour des odeurs dans l'immeuble, mais sans réponse jusqu'à la découverte du corps.

– avons alors transmis le dossier à M. le Commissaire après avoir mis sous garde l'entrée de l'apprtement de Mme Patit.

Dufour Jean Gabriel.

Gabelou savait que le dossier n'était pas remonté jusqu'au commissaire, et que, probablement, le brigadier avait lui-même délivré le permis d'inhumer. La photo de la Vieille était récente ; la Maison pour Tous d'Altay-II avait organisé un banquet du troisième âge au cours duquel la veuve gazophile s'était fait tirer un portrait, d'ailleurs paru dans la gazette municipale. Deux ou trois relevés bancaires agrafés à la photo montraient que la petite vieille, sans pour autant rouler sur l'or, n'avait pas d'inquiétude à nourrir quant à ses moyens de subsistance. La pension de son veuf, plus sa retraite de surveillante aux Galeries Lafayette pourvoyaient largement à ses maigres besoins, ainsi qu'avait pu le confirmer le neveu de Mme Petit, seul membre de la famille encore en vie.

Gabelou relut le compte rendu d'examen pratiqué par le médecin, appelé par le brigadier Dufour. Il se bornait à constater la mort à la suite d'inhalation de gaz de ville, et précisait par ailleurs que la suicidée était en assez bonne santé.

Ensuite, après le cirque provoqué par l'Emmerdeur, Gabelou s'était décidé à faire pratiquer une autopsie, et il y eut une scène semblable à celle de l'exhumation du cercueil du Gamin. Il ne fut cependant pas nécessaire de se déplacer trop loin, Mme Petit dormant sous une solide pierre tombale du cimetière de Thiais.

On avait bien fait les choses, ouvrant à l'envi, charcutant sans vergogne, sans rien trouver d'autre que des poumons aux alvéoles saccagées par le gaz. Pas de traces de coups, aucune marque pouvant évoquer une lutte.

Et pourtant, le Coupable n'en finissait plus de ricaner, sur cette bande, la n° 12, que Gabelou mit en route. Ce qui réveilla Léon, profondément endormi et ronflant calmement.

◆

Ah Léon, Léon, Léon... Elle a bien failli nous avoir, la carne, la pourriture, la charogne. Mais on l'a eue, on l'a eue, on est les plus forts, mon pote ! Elle ne m'a jamais plu, d'abord. Même du temps d'Irène, elle me jetait un sale œil. Peut-être que c'était une sorcière ? Tu vois ça, si elle avait des poupées avec des aiguilles enfoncées dedans pour la magie noire... Et le soir, elle s'envolait sur son balai, au-dessus de l'usine Citroën, ça secouait ses vieilles jupes, on voyait ses cannes pleines de varices. Tu me crois pas, Léon ? T'as raison, je dis ça pour rire. Il faut bien s'amuser un peu ? La vie, après tout, ce n'est pas la tristesse, c'est la joie. Vois, nous deux, depuis qu'on a refroidi la poison, l'Irène, comme on est tranquilles. À la tienne Étienne, à la tienne Léon, à la tienne, mon vieux, sans ces garces de femmes nous serions tous des frères... Tu connais la chanson. N'empêche, la Veuve Petit, elle était surveillante au rayon épicerie fine des Galeries Lafayette : allez Léon, on chante :
L'épicière, l'épicière est une sorcière.
Je l'ai vue, je l'ai vue,
à cheval sur son balai.
Attends, Léon, attends...

Sur la bande surgissaient soudain des bruits divers, et bientôt la voix de Charles Trenet retentit dans la pièce, chantant « L'Épicière » tandis que le Coupable continuait à converser avec Léon.

Filant droit au rendez-vous, où le Diable,
je vous l'avoue, l'attendait !
Ouais, Léon, le Diable, tu te souviens de ses yeux jaunes, de ses mains crochues, à la Vieille ?
... Il y avait au fond d'un gouffre

des morts brûlant dans du soufre…

… jamais plus elle ne nous épiera, la diablesse… C'était une copine d'Irène, évidemment. Elle est venue prendre le thé, deux ou trois fois. Irène lui a même donné des petits travaux de couture. Elle a tripoté mes chemises avec ses vieux ongles crasseux, ah ah, Léon, et si ça se trouve, avec ces ongles-là, elle fourrageait dans la crinière de Belzébuth. Allez, Léon, fais pas cette tête-là, chante !

… Je l'ai vue dans un placard, en soutane et fichu noir
Et tirant devant un bougeoir, une grosse langue !
Je l'ai vue par temps de bise,
quand elle rit au fond d'l'église
quand elle grimpe en haut des tours,
elle comprend ce que lui disent
les vautours !

Oh, Léon, tu m'attristes, à bouder dans ton coin. Elle est morte, je te dis, la Vieille… Tu aurais voulu venir avec moi ? C'est ça ? mais c'était impossible Léon, il fallait agir très discrètement. Déjà, quand je suis sorti de chez elle, quelqu'un a failli me voir, une autre mémé, la présidente du club des vieux. Elle m'a regardé d'un drôle d'air. J'espère qu'elle n'ira pas radoter. Heureusement, j'ai une excellente réputation ! Alors, si tu étais venu avec moi pour rectifier la charogne, on aurait fait du bruit, surtout toi, excuse-moi, mais tu n'es pas très dégourdi. Et puis le gaz, ça te fait peur, je le sais bien. Oh, elle ne s'est rendu compte de rien.

Bonjour, Madame Petit… oui, c'est moi, je viens vous apporter un pantalon, il faudrait me faire un ourlet. La vache, elle m'a demandé si ce n'était pas trop dur de vivre sans Irène. Si elle avait pu savoir, cette andouille, ce que j'en ai fait de la poison, avec qui il faisait « si bon vivre ». Ah ah ah, oh, Léon, arrête de regarder tout le temps vers la cuisine. J'ai mis des clous, on ne peut pas ouvrir. Dans le congélateur, elle doit être comme une reine. Sa belle peau si douce doit s'être couverte de petits cristaux de glace : une parure de princesse ! Ce qui est bien avec le congélateur, tu vois, Léon, c'est que ça conserve. Un jour, peut-être, j'aurai envie de la revoir ? Oh, ça sera pas demain la veille, là, tu as raison. Mais ça me fait plaisir de savoir que je l'ai toujours à ma disposition. Tout intacte, d'un seul bloc.

Ah la mère Petit, avec sa vieille peau ridée, elle ne valait pas la peine que je me donne du mal, hein Léon ? Et puis, il n'y a plus de place dans le congélateur, déjà, ça n'a pas été facile de caser Irène, j'ai dû forcer, je crois bien que je lui ai cassé une jambe. Ah non, en plus, il aurait fallu tout déblayer, autour de la cuisine. T'aurais voulu qu'on la garde, toi Léon ?

Ah, tu veux savoir comment j'ai fait ? Eh bien, je te dis, je lui ai monté une histoire d'ourlet de pantalon, et, une fois chez elle, allez donc, une baffe sur sa caboche, je l'attrape, je l'allonge sur son lit, je lui mets la photo de son mari entre les mains, et c'était fini, il n'y avait plus qu'à aller ouvrir le gaz.

Pom pom pom sur son balai
et le Diable, tout là-haut,
l'attendait !

Ne crains rien, mon Vieux Léon… Elle n'a rien dit à personne, je crois. Oh tu as l'air bien morose, ce soir. C'est parce que je fais l'andouille ? Tu veux que je sois sérieux ? Bon.

Oui, j'avoue, je me confesse, j'ai tué Mme Petit, pour qu'elle ne vienne plus mettre son sale nez chez moi. On ne peut plus être tranquille dans son foyer, alors, je me suis fait justice. Je suis allé chez la Petit, je l'ai assommée, et j'ai ouvert le robinet de gaz, en grand. Je suis coupable.

Mais si tout le monde faisait comme moi, ça irait mieux, la situation économique, parce que les vieux, qui les nourrit ? La population active ! Et moi, par exemple, je cotise à une caisse de retraite complémentaire, pour n'être à la charge de personne, plus tard.

Ne sois pas triste, Léon, je ne dis pas ça pour toi. Toi, tu as travaillé toute ta vie, à la ferme, mais sans cotiser, personne ne s'est jamais occupé de toi. C'est mal fait. Et puis, tu n'es pas inutile, tu me rends beaucoup de petits services.

La Vieille, elle, non seulement se faisait nourrir par la population active, mais, en plus, elle bouffait les sous de la municipalité, toujours à gaspiller les subventions du club du troisième âge. Où est la morale, Léon, dans tout ça ? Toi, pauvre vieillard sans ressources, sans foyer, et elle, l'Épicière, la Sorcière, cousue d'or, aux frais de la princesse. Où est la justice, Léon, je te le demande ?

Tiens, tu vas m'aider, on va déblayer le Canyon. Admire un peu mon village ! Douze maisons, avec les arbustes, le passage à niveau, la mairie. Il manque un peu de personnages, non ? Samedi après-midi, j'irai à Paris en acheter deux ou trois boîtes. Tu viendras avec moi. Allez, on pousse tout ça.

Regarde-moi cette merveille. Avec les autres, ça fait une véritable petite ville, hein, Léon ? Je vais clouer des planches, pour tenir les sacs bien droits, parce que sinon, ils vont finir par tomber sur les trains. Pousse-toi Léon, je lance l'express, ça file, ça file, magnifique ! Attention ! tu marches sur un rail, voilà, hop, il revient.

Fais-moi penser à acheter des clous, il faut étayer un peu dans le couloir, sinon, tout va s'effondrer. Et puis du Sopalin aussi, je vais le marquer pour m'en souvenir, parce que ça suinte un peu le long du papier peint. Il ne faudrait pas que ça ronge le plâtre, quand même. J'essuierai tout ça demain...

◆

Gabelou ouvrit une grosse chemise pleine de photos. Des clichés pris dans l'appartement du Coupable, avant que les services sanitaires ne nettoient tout. La ville de maquettes que le Coupable avait installée dans le Canyon était très belle. Un fouillis de ruelles de plastique, des petites voitures, des camions, et même un système d'éclairage composé de minuscules lampadaires. Tout cela était agencé autour de la gare : les trains s'y arrêtaient automatiquement, dirigés depuis le salon où le Coupable avait installé les transformateurs, le poste de commande régissant la circulation de ce réseau dont les ramifications s'étendaient à travers tout l'appartement.

Les lampadaires de la ville ne fonctionnaient plus. Les sacs d'ordures suppuraient et l'un d'eux s'était fendu, déversant sur les fils un jus fétide qui avait rongé les gaines de protection.

L'une des photos cadrait tout le couloir – ce que le Coupable appelait pompeusement le « Canyon » – en enfilade. Il n'y avait plus qu'un tunnel d'une hauteur de soixante centimètres, sous lequel les trains filaient, et où Léon devait ramper pour gagner sa chambre. Le Coupable avait sans doute lui aussi emprunté ce boyau puisque le « réseau américain », dans la chambre de Léon, portait des traces de réparations très récentes. La paroi supérieure du tunnel était faite de planches, fixées au mur ou étayées sur une poutre courant contre le mur, tout le long du couloir. Au-dessus, jusqu'au plafond, s'entassaient les sacs. Sous le toit du tunnel, à distance régulière, des ampoules maintenaient un éclairage suffisant pour voir évoluer les trains. Là aussi, les derniers temps, des suintements s'étaient produits, provoquant de petits courts-circuits. Gabelou classa les photos puis revint au rapport d'autopsie concernant Mme Mélanie Petit.

– « Des traces de coups sont décelables sur le sommet du crâne, ou dans la région voisine. La partie supérieure du pariétal droit porte la marque d'un choc, mais il est impossible de préciser le degré d'antériorité – plusieurs jours ou quelques heures (voire minutes ?) – de cette contusion par rapport au décès. Ces réserves sont à mettre au compte de la date fort tardive à laquelle l'autopsie a été pratiquée, et résultent de l'état de décomposition avancée du cadavre… »

Eh ben, Léon, on est bien avancé, hein ? Alors, d'après ce qu'il dit, il n'a pas voulu t'emmener chez la Vieille… Tu voulais y aller toi ? Tu pourrais me l'avouer, ça n'aggraverait pas ton cas…

… fois chez elle, allez donc, une baffe sur sa caboche, je l'attrape, je l'allonge…

Gabelou rembobina la bande pour la faire se dévider encore une fois.

… une histoire d'ourlet de pantalon, et, une fois chez elle, allez donc, une baffe sur sa caboche, je l'attrape, je l'allonge sur son lit, je lui mets la photo de son mari entre les mains…

Évidemment, songea Gabelou, c'était bien tentant. On ne pouvait rêver d'aveux plus ronflants, plus tonitruants. Mais ça ne suffisait pas, malheureusement.

Gabelou jeta un coup d'œil sur les témoignages des copines de Mme Petit, toute la bande de retraités assidus des après-midi de la Maison pour Tous.

Il y en avait un plein dossier. C'était très répétitif, ces radotages, à croire qu'ils s'étaient réunis pour mettre un communiqué au point !

Question : Mme Petit était-elle dépressive ?
M. Jingrat (secrétaire du club) : Oh non ! Y avait pas besoin de lui remonter le moral...
Question : Pourtant, elle avait fait une tentative, dix ans plus tôt ?
M. Jingrat : Mais c'était oublié, tout ça... Du passé !
Question : Selon vous, elle ne se serait pas suicidée ?
M. Jingrat : Ah non, c'est l'autre salaud qui a fait le coup, c'est certain !
Question : Votre avis sur le suicide de Mme Petit ?
Mme Louisette Mulier : Suicide ? Des histoires ! Quand je ne l'ai plus vue au club, je suis allée prévenir le gardien du bloc, le Portugais, pour lui dire que ce n'était pas normal...
Question : Mais vous saviez qu'elle avait fait une autre tentative ?
Mme Mulier : Oh mais c'est vieux, tout ça. C'était il y a dix ans. Elle n'aurait jamais recommencé, jamais ; c'est le fou, qui l'a tuée, c'est lui !

Tout ce petit monde se déchaînait en imprécations contre le Coupable. Mais on n'avait découvert le cadavre du Visiteur que très récemment. Et la mort de Mme Petit remontait à plus de trois mois. À cette époque, personne ne se doutait de rien, personne n'avait bronché en apprenant le suicide de la Vieille. Ce n'est que rétrospectivement que les habitants du quartier se mirent à se souvenir, trouvant, enfouis bien profond dans un repli douteux de leur mémoire, une anecdote, un détail, un rien destiné à charger un peu plus le Coupable. Comme toujours. Restaient les séquelles d'un traumatisme à la tête… Mais la Vieille pouvait fort bien s'être fait une bosse en se cognant dans un mur trois jours avant son « suicide ».

♦

Ah çà, parole de paysan, il faut se méfier des cancans, des on-dit, des mécréants qui jacassent, toujours prêts à s'exciter contre celui qu'est pas comme eux. J'en connais un rayon à ce propos, moi, Léon, qui ai toujours beaucoup souffert de la méchanceté des hommes.

Surtout que les vieux du club, il faudrait raconter comment il les cajolait, l'Emmerdeur. Il voulait les faire témoigner dans son sens, alors il leur soufflait les pires menteries dans l'oreille, à propos de nous. Soi-disant, Gabelou ne savait pas tout, on était des vrais diables, jamais on ne pourrait dire avec certitude combien de gens on avait tués, alors, au moins pour la Vieille, le Commis-Boucher et le Visiteur, fallait nous faire payer… À l'échafaud, à l'abattoir ! Ils en bavaient de rage, les vieux du club. Et quand ils me voyaient traîner dans les parages (parce que Gabelou ne m'a pas fait coffrer tout de suite, il a d'abord dit que j'étais irresponsable), dans la cité, ils me lançaient des pierres en hurlant que j'étais maudit. Un pauvre vieux comme moi. Je leur ressemble, pourtant. On est tous aussi moches, quand on vieillit. C'est pas ceux qui ont des sous qui se retrouvent les plus beaux. D'accord, moi, je ne suis vraiment plus très présentable, mais il faut voir la vie que j'ai menée. J'étais pas confit dans le luxe, moi, j'y ai jamais été admis, au rayon épicerie fine des Galeries Lafayette.

Je traînais, je n'avais plus d'abri, et quelqu'un aurait bien fini par me faire un sort, alors Gabelou a dit à ses sbires : « Hop, embarquez Léon. »

Ce n'est pas parce que Gabelou a été correct envers moi que je vais l'aider dans son enquête, quand même. Je le laisse se débrouiller avec ses paperasses.

Et puis, la Vieille, je ne l'aimais pas beaucoup. Oh, ce n'était pas de la haine, mais prétendre qu'on était ami-ami, ce serait raconter des craques. Elle me regardait de haut, elle aussi. Avec sa bouche en cul de poule et ses ongles vernis. Je comprends qu'il se soit énervé, le Coupable. C'était une vraie provocation, cette vieille-là. Je la connaissais d'avant, quand le Coupable et moi on n'était pas encore copains. Elle a toujours vécu à Altay et je me rappelle bien sa tête, quand je faisais la manche dans la rue, pour avoir un peu à manger.

C'est pas elle qui m'aurait fait cadeau d'un quignon de pain, l'était bien trop radine. Quand je suis venu habiter chez le Coupable, forcément, on est devenus voisins. Nous on logeait au dernier étage, au cinquième, et elle, elle occupait l'appartement de gauche, au troisième…

Je la croisais dans l'escalier, elle ne m'a jamais dit bonjour, moi, je desserrais pas les dents ! Une fois, je l'ai bousculée sans faire exprès, et elle m'a donné une volée de coups de canne en geignant que je lui avais réveillé sa douleur au genou – de l'arthrose – à la rudoyer comme un voleur ! Non, je vous jure…

Enfin, bref. J'arrête de m'énerver contre elle, parce qu'on pourrait bien finir par croire que c'est de moi qu'est venue l'idée de la supprimer.

Eh bien pas du tout. C'est du Coupable. C'est lui qui a tout fait. Il le dit lui-même. Lui non plus ne la portait pas dans son cœur et ça datait du temps de la belle Irène, cette rancœur.

La Vieille était intriguée, elle ne voyait plus la mégère, la poison. La compagnie de la vipère lui manquait, sans doute. La vie de célibataire du Coupable, voilà qui était intéressant au plus haut point ! Surtout depuis qu'il m'avait recruté comme acolyte ! La Vieille s'imaginait peut-être tout un cinéma, dans sa caboche ? Qu'on passait des nuits à faire la fête, qu'on ramenait des gueuses chez nous et qu'on les troussait hardi hardi, et ran et ran ! C'est des idées qui peuvent germer dans la cervelle rabougrie d'une vieille chouette, ça. Le dimanche, je la voyais, du balcon, partir pour la messe, avec son petit chapeau couvert de raisins en bois et de feuilles d'églantine en tissu, son livre de prières sous le bras, sa démarche rapide, les fesses bien serrées, des fois qu'on allait lui mordre l'arrière-train !

Bref, nos rapports se détérioraient. À la fin, quand je la rencontrais dans l'escalier, pfoutt, j'envoyais un gros pet bien musclé, juste en passant devant elle. Elle me traitait de vieux dégueulasse, mais sa canne, je n'y ai eu droit qu'une seule fois, la première, et après, on peut me faire confiance, elle pouvait toujours l'agiter au bout de son bras, je savais l'éviter.

Donc, elle nous espionnait de derrière ses rideaux, quand on sortait se balader tous les deux, le Coupable et moi. Elle lui faisait quand même des sourires sucrés, mon bon monsieur par-ci, mon bon monsieur par-là...

Et elle est venue chez nous, un jour que le Coupable était absent... Il était allé à une réunion de son syndicat, pour soutenir les grévistes de l'usine Citroën. Forcément, il était très en retard. Chez nous, c'était déjà assez important, le problème. Les sacs s'étaient d'abord entassés devant la porte clouée de la cuisine, puis ils étaient remontés jusque dans le salon, on en avait mis plein ma chambre, en laissant une petite place pour que je puisse dormir, et pour que le train passe facilement. Et le Coupable avait commencé à construire le pont de bois, dans le Canyon. Ce qui lui avait coûté tout un samedi et tout un dimanche d'efforts à grosses gouttes. Moi, à ce moment là, j'étais un peu patraque et j'ai dû dormir pour récupérer. Le Coupable était très inquiet, car il craignait que la boîte de conserve pleine de gaz que j'avais reçue sur la tête pendant la manifestation n'ait causé des dégâts chez moi. Et le dimanche soir, quand le pont a été terminé, on a fait un petit gueuleton pour fêter ça. Ensuite, on a monté toute une montagne de sacs bleus et rouges, jusqu'au plafond. C'était très réussi. Le pont nous a bien aidés pendant deux ou trois semaines, mais après, les sacs sont devenus envahissants, de nouveau. Ils venaient jusque dans le salon, ces salauds-là !

Enfin, ce n'était pas encore la catastrophe que c'est devenu par la suite, mais ça l'annonçait, déjà. Je me disais que je devais raisonner le Coupable, à propos des sacs, le pousser à en descendre quelques-uns au moins, oh pas tous, bien sûr, ce qui aurait représenté un gros travail, mais enfin, deux ou trois par-ci par-là. Moi, j'avais bien essayé, une fois, mais il s'était mis en colère, en me criant dessus. « Où veux-tu en venir, Léon, hein ? qu'il hurlait. Tu veux tout enlever pour qu'on revoie la garce ? C'est ça… » Enfin, des trucs de ce genre-là, alors, j'ai préféré ne pas insister. On allait pas se fâcher, tous les deux, pour une histoire de sacs et de femme morte.

Alors voilà, le Coupable était à sa réunion pour aider les grévistes, et on sonne à la porte. J'étais bien embêté. Il faut dire que chez nous, on entrait dans un vestibule, et toutes les pièces donnaient dedans, sauf la salle de bains, qui s'ouvrait dans la chambre du Coupable. Le vestibule restait propre, il n'y avait pas de sacs, le seul fouillis, c'étaient les maquettes, les rails et les étagères pour les locomotives et les wagons, mais que voulez-vous, on ne pouvait pas les mettre avec les sacs.

Alors on sonne, je vais voir. Et j'entends la Vieille qui papotait toute seule sur le palier. Elle trépignait, agacée, je le sentais à sa voix. Alors, malheur de malheur, voilà que l'idée lui vient de pousser la poignée, et la porte s'ouvre. Nez à nez, tous les deux, on s'est retrouvés nez à nez. J'ai fait les gros yeux, et elle s'est sauvée. J'ai repoussé la porte. Elle est revenue. Mais elle n'a pas insisté, je devais lui avoir foutu la trouille, et elle a simplement glissé un papier sous la porte. Je l'ai entendue qui s'en allait dans l'escalier, ses talons aiguilles trottinaient en cadence, à un moment elle a glissé sur une marche, et j'ai bien rigolé. Quand le Coupable est rentré de soutenir les grévistes, je lui ai montré le papier, il a tout de suite compris que c'était la Vieille du troisième qui l'avait apporté. Elle fait la commission dans notre immeuble, pour les quittances de loyer, à la place du gardien du bloc. Je ne pouvais pas savoir ce que disait le papier, car je ne sais pas lire, et à mon âge, il est bien tard…

◆

Donc la Vieille est venue… Ah Léon, apporte-moi mes lunettes s'il te plaît, oui, là sur le fauteuil. Merci. Ah la carne. Elle voulait voir Irène, dans son congélateur, j'avais raison de vouloir la cacher avec les sacs… Sinon, elle l'aurait vue. J'interdis à quiconque de voir Irène. Elle est très bien là où elle est. Enfin, Léon, tu as bien fait de la chasser. Oh, mon bon monsieur, m'a-t-elle dit, je suis allée chez vous, mais j'ai vu Léon, alors je ne suis pas rentrée, pensez donc, il me fait peur ! Tu te rends compte, Léon, elle a peur de toi ! Ah ah ah, sacré vieux gaillard, tu n'aurais pas essayé de la… Vieux fêtard, va !

Bien, bien, bien, alors, elle est venue…

♦

Gabelou avait noté le témoignage du gardien bloc, le natif de Sétubal, Latros Emilio, confirmant que Mme Petit l'aidait dans sa tâche qui consistait, entre autres, à collecter les chèques du loyer.

L'hypothèse se tenait : la Vieille était venue chez le Coupable, elle avait vu les monceaux d'ordures et, craignant des ennuis, il l'avait supprimée en maquillant un suicide.

– C'est bien vrai, ça, Léon ? demanda Gabelou. Il a buté la Vieille ? Tu sais, il n'y a aucune preuve, on n'a rien volé chez elle, et rien n'oblige à penser qu'on ait dû l'assommer avant d'ouvrir le robinet du gaz. Attendre qu'elle soit endormie ? Allons donc, elle fermait toujours la porte…

L'Emmerdeur ne se laissait pas démonter par cet argument. Il affirmait que le Coupable avait un double des clés. D'ailleurs, les amis de la Vieille, au Club, disaient qu'elle les perdait souvent. Le trousseau était sur la table de chevet, à côté d'elle, lorsqu'on l'avait découverte. Mais cela ne permettait pas d'affirmer que la serrure avait été fermée de l'intérieur par Mme Petit, ou de l'extérieur par le Coupable, qui possédait des dons manuels importants, comme le prouvait la minutie avec laquelle il confectionnait les maquettes. Fabriquer un passe grossier était à sa portée…

♦

C'est un soir, que tout s'est détraqué. Il avait fini sa classe, alors on était allés faire une petite balade tous les deux, et en rentrant, qu'est-ce qu'il voit dans le hall de l'immeuble ? Des flics, partout ! Je sentais venir les ennuis à cause du congélateur, mais non, l'affaire se tenait au troisième, la Vieille s'était suicidée…

On est montés chez nous, et là, le Coupable a éclaté de rire en m'envoyant des grandes claques dans le dos. Il a sorti de la bibine pour arroser l'événement. Je ne comprenais pas très bien. La Vieille morte, elle n'irait certainement pas raconter de vilenies à propos de ce foutu congélateur… un point pour nous. « Justement, Léon, justement, a dit mon copain, j'ai pris les devants ! » Il avait bien vu à mon air étonné que je ne saisissais pas tout le sel de la situation.

« Une histoire d'ourlet de pantalon, Léon, et, une fois chez elle, une baffe sur sa caboche, je l'attrape, je l'allonge sur son lit, je lui mets la photo de son mari entre les mains… »

J'étais à la fois heureux et inquiet. Plus de Vieille, plus de coups de canne, tant mieux. Mais il fallait que le Coupable continue d'être aussi malin. Il faisait des progrès. Pour Irène, il n'avait pas trouvé mieux que le congélateur, et les sacs pour cacher le congélateur, mais là, pour la Vieille, bravo ! Personne ne viendrait réclamer. Ce qui me plaisait pas beaucoup, c'était ses séances avec son magnéto. Il devait se confesser, que ça reste quand on serait morts tous les deux… Moi, je voulais bien être large, mais ça me paraissait pas très prudent, d'avouer comme ça…

Gabelou entendit un vacarme de cavalcade, de portes que l'on claque, des cris. Le silence de la nuit, au Quai des Orfèvres, venait d'être rompu, et Léon s'était brusquement réveillé. Le pauvre vieux en était à se demander s'il pourrait encore dormir une seule nuit en paix, avant sa mort…

– Bouge pas de là, Léon…, dit Gabelou, je descends voir ce que c'est !

Les cow-boys de la brigade antigang rentraient d'expédition en territoire apache. Blousons de cuir, jeans effrangés, mèches en bataille, et le flingue glissé sous la ceinture, c'était un autre folklore. La chasse avait été bonne. Les inspecteurs poussaient devant eux toute une flopée de demi-sels, avançant les bras levés.

Gabelou les regarda passer, l'un après l'autre, en hochant la tête. Il n'avait plus l'âge de jouer à ce genre de pantalonnades. Un de ses collègues commissaires l'aperçut, adossé à un coin de couloir.

– Alors Gabelou… comment va Léon ? lui lança-il.

Tout le monde était au courant de l'étrange complicité qui liait le commissaire et son témoin. Chacun avait vu Gabelou, les bras chargés de victuailles destinées à Léon, s'enfermer dans son bureau en sa compagnie. On savait qu'il réécoutait sans cesse les cassettes du Coupable et son enquête était largement commentée de service en service, après les torrents d'accusations d'incompétence que l'Emmerdeur était parvenu à susciter dans la presse…

– Léon va bien. Léon va même très bien…, bougonna Gabelou, en tournant le dos à toute cette agitation.

De retour dans son bureau, il vit immédiatement que Léon n'allait pas si bien que ça. Comme si l'évocation de son état de santé avait agi de façon néfaste : une histoire de mauvais œil, un sort jeté par la sorcière, aurait dit le Coupable !

Léon respirait avec peine. Sous la couverture, sa poitrine se soulevait avec des frémissements louches, sa gorge émettait un sifflement rauque à chaque expiration.

Gabelou soupira profondément. Les autres flics, à l'étage du dessous, se coltinaient avec la pègre, et lui moisissait dans son bureau avec Léon… En guise de truand dangereux, il devait se contenter d'un témoin cacochyme et souffreteux. Qu'il avait de surcroît pris en affection.

Léon remua faiblement, ouvrit une paupière et fixa Gabelou de son regard glauque. Alors le commissaire frissonna. La vieillesse de Léon, ses traits décharnés, son mutisme borné d'ancêtre hostile et déjà à demi détaché de la vie, l'emplirent d'un malaise diffus. Léon n'était que l'ambassadeur du temps passé, venu relever le compteur des années écoulées, avant que le rideau tombe… Flétri, décrépit, rouillé, délavé par l'usure, Léon avait la patience fière des vieux qui, assis sur leur banc, regardent le sablier se vider, en guettant le dernier grain.

– Bah…, grogna Gabelou.

Puis il ouvrit le placard où l'on rangeait les bouteilles restantes, après chaque pot. Un fond de cognac avait survécu au départ en retraite de Redotat, un collègue. Il s'en servit une large rasade, dans le gobelet de plastique où séjournait un fond de café. C'était faire injure au cognac, de l'affadir ainsi en le coupant de quelques gouttes de l'insipide breuvage sécrété par la machine embusquée au coin du couloir, mais Gabelou avait la flemme d'aller jusqu'au bureau voisin chercher un vrai verre. Il but cul sec et toussa violemment. C'était du raide, du vrai de vrai. Il s'en servit une autre ration, qu'il sirota à petites gorgées, cette fois. Il voulut le faire sentir à Léon, qui rechigna, se détournant du gobelet d'un air dédaigneux.

– Ah oui, j'oubliais, dit Gabelou, t'es abonné au gros rouge, exclusivement. Bouge pas, je reviens !

Il s'en fut déranger une fois de plus le planton, pour lui demander si, par hasard, lui ou l'un de ses collègues n'aurait pas, traînant dans un recoin, un reste de vin. Le planton hésita avant de protester, et se ravisa. Il avait commis la bourde de laisser filer le témoin deux heures plus tôt et cette négligence avait mis le Patron dans tous ses états : mieux valait obtempérer ! Il partit, d'une démarche traînante, quérir une bouteille de Préfontaines, dans la salle de repos réservée aux gardiens affectés à la faction de nuit.

Gabelou présenta un bol à demi rempli à Léon, qui huma le fumet du pinard avec infiniment plus de bienveillance. Il fronça le nez, son œil s'éclaira quelque peu, et enfin il se décida à goûter le nectar. Il grimaça tout d'abord en raison de l'acidité, puis, quand le vin eut coulé jusqu'aux tréfonds de ses entrailles, il rota de satisfaction, éperdu de reconnaissance envers Gabelou. Qui remplit derechef le bol, à ras bord.

◆

C'est le Coupable, qui m'a fait devenir alcoolique. Avant, jamais une goutte, pas ça, même quand j'étais à la ferme !

C'est grâce à ma sobriété que j'ai pu vivre si vieux en gardant bon pied bon œil !

Un soir, le premier où je me suis installé chez lui après qu'on ait buté la mégère, le voilà qui se met à se servir du whisky, de grands verres et glou et glou, il avale en se mettant à chanter : « Il est des nô-ôtres, il se soûle la gueule comme les au-autres ! » Léon ! me dit-il, bois avec moi… Je voulais pas parce que je savais bien où mène l'alcool. J'ai eu le gosse de mon frère qui a été écrasé par le tracteur du patron de la ferme où il était, à cause de la cuite que le gars tenait. J'étais tout jeune et ça m'avait marqué, ce pauvre petit corps tout chaud embouti par le gros pneu. Dans la chair, on voyait l'empreinte du caoutchouc… Et du coup ça m'avait dégoûté du vin. Mais ce soir-là, le Coupable a tant et tant insisté, que j'ai fini par m'y mettre, et c'est devenu un vice de vieux… J'ai jamais picolé durant toute ma jeunesse, mais aujourd'hui, je crache pas sur un canon par-ci, par-là. À mon âge, je ne risque plus grand-chose, et puis maintenant que je vais peut-être finir mes jours en prison, ce serait rudement balourd de faire le difficile devant une petite joie.

Ah, qu'est-ce qu'on s'en est mis, avec le Coupable ! Lui, il essayait de se mesurer, parce qu'une fois qu'il avait un coup dans le nez, il tremblotait des mains et pour ses maquettes, ce n'était guère pratique. Il collait tout de travers, il se trompait dans les peintures et c'est tout petit tout ça, faut garder l'œil perçant et la main ferme, sinon, on sabote l'ouvrage.

Enfin je m'y suis habitué, à ma ration quotidienne, ça chasse le vague à l'âme. Plus je voyais monter les sacs, d'abord d'un mètre, puis de deux, jusqu'au plafond, et la cuisine, et le salon, et ma chambre, et bientôt celle du Coupable – il ne nous restait plus grand-chose pour circuler – plus j'y tenais, à mon pinard. Avec un bon litron dans les tripes, je ne pensais plus trop au moment où il faudrait bien ouvrir la porte, tout déblayer, et ouvrir le congélateur…

Le Coupable, lui, il buvait aussi, mais en restant raisonnable. C'est un type très raisonnable. Ordonné, propre et raisonnable. Son pinard à lui c'est ses maquettes, ses locomotives et ses wagons… J'espère qu'en prison il pourra au moins conserver un petit circuit, sinon, il va craquer, je le sais…

Mais moi, forcément, je n'allais pas me mettre aux trains. Alors j'ai picolé. Surtout que quand j'avais le nez dans le verre, je ne sentais pas les sacs. Au début, c'est resté étanche, voyez-vous. Mais après, quand la matière a fermenté, quand tout a bien macéré pendant des semaines et des semaines, ça a donné des gaz. Et le Coupable avait beau ficeler les sacs à double tour, au bout du compte, les émanations se frayaient toujours un chemin à travers le sac. C'est comme le purin qu'on avait dans la cour de la ferme, une fois qu'il y en a trop, il y en a trop, l'odeur pénètre partout.

Je picolais mon pinard et je regardais passer les trains. Au début j'étais plutôt indifférent, mais ensuite, le Coupable a réussi à me faire partager sa passion. On regardait le circuit fonctionner, assis tous les deux, l'un à côté de l'autre, par terre. Les convois de voyageurs, les trains de marchandises, avec tous les wagons, les blancs, les rouges… Les rails filaient entre les sacs, en zigzaguant. Le Coupable les couvrait avec des posters de paysages de montagne, dans le grand canyon, juste avant ma chambre, on pouvait voir la mer, enfin, au début, parce que après, il a construit le tunnel, qui était très pratique pour entasser les sacs. Ah c'est beau, les trains… J'ai pris le train une seule fois, moi. J'étais jeune. Le RER, je l'ai pris souvent, avec mon copain le Coupable, quand je l'accompagnais à Paris, acheter des peintures ou des décalcomanies pour les wagons, ou des nouveaux aiguillages… Si on s'était pas fait pincer, on aurait été à Stuttgart, tous les deux, à Pâques, pour le Salon international des maquettes. Il me l'avait promis. Mais il ne pourra pas m'emmener… Que voulez-vous, je n'irai jamais tout seul.

Il est là-bas, à l'hôpital, à souffrir dans son lit, et moi, je bois le pinard de Gabelou, ah, je suis un salaud, tout est de ma faute, c'est ce que je pense de temps en temps… Oui, pour la Vieille, on ne peut pas me jeter la pierre ! Mais, à propos du Commis-Boucher, je ne suis pas fier de moi.

♦

> *Question* : Léon venait souvent faire les courses ?
>
> *M. Bandret (patron boucher)* : Souvent, très souvent. On s'était habitués à lui, il venait tard le soir.
>
> *Question* : Vous le serviez, vous, personnellement ?
>
> *M. Bandret* : Oh, moi, ou ma femme, ou le Commis. De toute façon, c'était pas compliqué. Il prenait toujours deux steaks, dans l'araignée ou la bavette. Un pour Léon, et un pour l'autre salopard…

Gabelou compulsa au hasard le dossier du Commis. Dans la chronologie, il arrivait bien en seconde position : après la Vieille, avant le Gamin. Une photo, un portrait d'identité : 18 ans, un peu gras, rougeaud, nourri à la bonne viande, et un petit air de ne pas avoir inventé l'eau tiède, telle était l'impression ressentie au premier abord.

Ce n'était probablement pas une lumière, ce jeune homme, mais peut-être se serait-il amélioré en vieillissant, si on lui en avait laissé le temps. Il était mort exactement un mois après la Vieille : le 5 novembre…

– Hein Léon, s'écria Gabelou, il aurait sans doute pris de la bouteille, le jeunot ? Tu veux encore un coup de pinard ? Attention Léon, tu bois trop. J'ai jamais vu ça…

Les photos accompagnant le rapport d'autopsie étaient des plus éloquentes. La voiture l'avait cueilli à l'instant où, accroupi devant son vélo, il était occupé à mettre ses pinces à pantalon ou encore à régler le dérailleur, on ne savait pas exactement.

Le Commis avait terminé son boulot à la boucherie vers 19h45 et devait rentrer chez lui. Il habitait chez un de ses oncles, en plein cœur du vieil Altay. Tous les matins, tous les soirs, il pédalait tout au long du trajet, qu'il vente ou qu'il pleuve.

Le pare-chocs avait heurté le bras à mi-hauteur de l'humérus, puis, sur la même horizontale, s'était encastré dans le thorax, emboutissant les côtes avec violence au point de leur donner une incurvation concave. Le vélo était coincé contre un muret et le Commis se retrouva pris en sandwich. La pédale pénétra dans la région lombaire, déchirant le rein gauche, écrasant au passage la bordure supérieure de l'os iliaque. La voiture avait ensuite fait marche arrière, mais le bloc de chair et de métal formé par la bicyclette et son propriétaire était resté accroché à la calandre, avant d'être éjecté sur le bitume. C'était un vélo de course. Le Commis partait le dimanche matin pour de longues randonnées. Au cadre, une gourde de plastique pendait, serrée par deux arceaux. En repartant, l'avant de la voiture écrasa le vélo, et les rayons des roues ne supportèrent pas ce traitement. Au moment de l'accident, la gourde de plastique était remplie de Fanta orange. Le Commis reçut une giclée sucrée en plein visage, sans que l'on puisse dire si cela avait adouci son agonie, au demeurant fort brève.

Le bitume du virage précédant la boucherie était zébré de traînées noirâtres. Les pneus avaient gémi lors du freinage, juste avant que le conducteur ne fonce contre le muret. Le gendarme de la prévention routière à qui l'on confia le dossier déclara, après une longue observation des traces de pneu, que le véhicule roulait au moins à cent à l'heure et qu'il avait embouti le Commis à environ soixante.

L'affaire fut plus ou moins classée, jusqu'à ce qu'on découvre le Coupable à demi conscient, Léon très mal en point, et le Visiteur totalement refroidi, dans l'appartement de la cité des Lilas Bleus. L'Emmerdeur avait dérobé une cassette, et, de surcroît, l'un des adjoints de Gabelou révéla à la presse qu'il en existait beaucoup d'autres. On se mit à bavarder à propos du contenu de ces bandes. L'Emmerdeur, sans plus attendre, hurla à la victoire. Il représentait l'assurance du patron boucher. Si c'était un accident de la circulation, survenu lors du trajet du Commis entre le lieu de travail et le domicile, il n'y avait plus qu'à casquer… Mais s'il s'agissait d'un meurtre, la Compagnie se retranchait derrière la clause 38 bis, celle qui figurait en bas de la quatrième page des contrats, et stipulait qu'en cas d'assassinat, d'émeute, de révolution ou autre cataclysme de ce type, on ne pouvait compter sur elle pour éponger toute la misère de ce bas monde…

Avant la mise au jour du tas d'ordures où s'était replié le Coupable, rien de tout cela ne fut envisagé. La version officielle soutenait que le conducteur s'était affolé et avait préféré s'enfuir, abandonnant le corps disloqué du Commis sur la chaussée. Les époux Bandret, qui venaient juste de refermer le rideau de fer de leur échoppe, eurent tout le loisir d'entendre le ronflement du moteur, le hurlement du caoutchouc écrasé sur le goudron, et enfin la cacophonie de tôle et de tubulures froissées, mêlée au bruit de la chair déchirée par le pare-chocs, le fracas des os, le chuintement des veines et des artères se vidant de leur sang. Le temps de relever le rideau et de courir sur le trottoir pour tenter d'apercevoir la voiture, il était déjà trop tard ; le chauffard avait disparu dans un panache de fumée noire. La boucherie était située en plein milieu du marché, mais c'était un lundi, les autres boutiques étaient fermées, à l'exception de celle du boulanger, qui se trouvait de l'autre côté de chez le fleuriste, donc trop loin pour voir quoi que ce soit…

Et L'Emmerdeur s'acharnait à faire en sorte que l'on prenne pour argent comptant le délire du Coupable, glapissant ses aveux soir après soir, cassette après cassette, seul face au Vieux Léon. L'Emmerdeur avait un atout : le témoignage du concierge lusitanien, qui affirmait que le Commis, un soir, était bien venu le trouver dans sa loge pour lui demander où habitait le Coupable. Cela deux jours avant « l'accident ».

La thèse de la vengeance prenait donc consistance.

– Si c'est vrai, Léon, ton pote était une belle ordure ! dit Gabelou.

◆

Ah, Léon, mon cher Vieux Léon, je t'offre à boire, et tiens, moi aussi je me sers un verre. Je ne t'avais rien dit pour te faire la surprise, mais voilà, écoute : « Horrible accident hier soir à Altay-II devant la boucherie Bandret. Le jeune commis, qui quittait son travail et s'apprêtait à rentrer chez son oncle, rue du 18-Juin à Altay-I, a péri broyé par le véhicule d'un chauffard, qui a lâchement pris la fuite sans même s'inquiéter de l'état de la victime »... et bla-bla-bla, Léon, c'est un jour de fête ! Tu peux être fier de moi. Ah, tu aurais vu sa face de bovin stupide, quand j'ai débouché du virage, ses yeux de vache, vlan, je lui ai massacré la gueule ! Tu vois, Léon, ta bêtise est réparée, ah ah, ah, ne te fais plus de souci, mais la prochaine fois, attention, je ne peux quand même pas les tuer tous...

◆

Alors là, oui, pour sûr, à propos du Commis, j'avais honte, je n'aurais jamais dû commettre une bêtise pareille sans l'avertir. C'est à cause de la monnaie que tout est arrivé. C'est moi qui allais faire les courses à la boucherie, oui. Oh, c'était un magasin bien propre et moi je suis un peu crasseux, alors je restais sur le pas de la porte, avec mon panier et le porte-monnaie dedans. J'attendais qu'on veuille bien s'occuper d'un pauvre vieux comme moi. Et le Commis disait : « Tiens, voilà Léon, et deux bavettes, deux ! » Il mettait les bavettes dans mon panier, et il prenait lui-même les sous, parce que je ne sais pas compter.

Je rentrais chez nous, avec nos deux steaks, et c'était les seules courses que je faisais : à Carrefour, il y a plein de lumières, des tas de rayons, des chariots à roulettes, des étiquettes partout, de la musique, plein de monde, enfin, bref, comment voulez-vous que moi, Léon, j'aille acheter quelque chose là-dedans ?

Le Coupable faisait toutes les autres courses le samedi après-midi, mais pour la viande, il préférait du super frais, de l'extra-tendre de chez le boucher, je suis bien d'accord avec lui, les bavettes en barquettes de plastique de Carrefour ne valent pas celles de M. Bandret. Et à mon âge on est sensible à la qualité de la viande, je n'ai plus les dents de ma jeunesse, si on me donne un steak dur et plein de nerfs, j'en laisse la moitié.

Alors tout allait bien avec le Commis, bonjour Léon, au revoir Léon, brave Léon. Mais un jour, oh, à peine un mois après la Vieille, je rentre des courses, le Coupable et moi on se met à table. À cette époque-là on mangeait dans le vestibule, déjà. Il y avait encore un peu de place dans la salle à manger, mais plus beaucoup et pour manger, malgré tout, les sacs, c'était pas très ragoûtant, alors on se mettait dans le vestibule, sur une table de camping. La grande table de la salle à manger, les chaises, la télé, toutes ces conneries-là, le Coupable les avait déménagées et données à Emmaüs, pour en faire cadeau aux grévistes de Citroën, qui étaient très nécessiteux, comme ça, sans travailler.

On était donc là, comme des papes, le Coupable et moi, avec nos steaks bien tendres, bien rouges, et on sonne ! Je savais bien que c'était pas la Vieille, pardi ! Qui pouvait s'intéresser à nous ? Le Coupable m'a fait « chut » avec ses doigts, et on a retenu notre souffle. Mais, ce n'est pas ma faute, j'ai éternué, mon assiette est tombée, et le quelqu'un, derrière la porte, a dit : « Oh ? il vous est arrivé quelque chose, répondez, répondez, vous êtes là. »

Ah, on était dans une de ces situations ! Si on n'ouvrait pas, il allait peut-être chercher le concierge, ça s'était déjà vu, un coup pareil, avec la Vieille et le gaz. Et le gars qui continue : « Oh, mais ça sent une drôle d'odeur... »

Alors là, le Coupable a paniqué, il a cru qu'on allait enfoncer la porte, tout déblayer, et fatalement, pas moyen d'y échapper, on retrouverait la mégère, congelée dans la cuisine.

D'un geste brusque il a entrouvert la porte. C'était le Commis qui s'était trompé dans la monnaie qu'il devait me donner, et il s'en était aperçu.

« J'ai pas voulu qu'il y ait de malentendu, m'sieu », a-t-il dit. « C'est rien, c'est rien, merci et au revoir ! » a dit mon copain, en prenant l'argent. Il a refermé la porte aussi sec. Et il m'a engueulé, mais engueulé... Je ne savais plus où me mettre ! « Fallait faire attention, bougre d'andouille, je vais te foutre dehors, moi, tu finiras sous les ponts, t'es qu'un clochard... ! » Tout y est passé. À la fin de sa colère, il s'est aperçu que le mal était fait, et que je regrettais sincèrement. Et voilà.

L'ennui, c'est que le Commis avait jeté un coup d'œil dans le vestibule, il avait sans doute aperçu la table de camping, nos deux assiettes... ça devait paraître suspect, qu'on s'installe pour manger dans l'entrée, une entrée minuscule dans un appartement de trois pièces... Le Commis avait vu nos volets fermés, comme tout le monde. Le Coupable ne mettait pas de sacs sur le balcon, et le soir, de temps en temps, on y prenait l'air, quand l'odeur devenait insupportable dans le Canyon.

Le Commis avait senti l'odeur, puisqu'il l'avait dit. Ah, on a passé une bien mauvaise nuit ; par ma faute. Le lendemain, le Coupable a descendu un sac, pour conjurer le mauvais sort. Mais je le sentais nerveux, tendu, inquiet, plus du tout le gai luron que j'avais connu. J'étais prêt à faire quelque chose pour réparer ma gaffe, mais quoi ? Ah ?

Il est rentré du collège, le soir suivant, il s'est assis sur sa chaise de camping, dans le vestibule. Il ne bougeait pas. Vers minuit, il s'est réveillé, il a fait marcher son circuit. On a admiré le TGV qui fonçait dans le Canyon, mais il riait mécaniquement. J'étais triste, si triste... on ne peut pas imaginer. Je suis allé dans ma chambre, il ne me restait plus qu'un petit couloir, contre la fenêtre, avec un filet d'air frais qui passait par un trou, et j'ai essayé de dormir. Dans la nuit, très tard, je l'ai entendu, lui, qui rampait dans le tunnel du Canyon. Il est venu me voir, en éclairant avec une pile, parce qu'on ne pouvait plus pousser le bouton, il y avait trop de sacs, et le lustre aussi était derrière les sacs. Il s'est accroupi près de moi et il m'a dit : « On est foutus, Léon, on est cuits… ils vont venir ! » J'ai essayé de lui remonter le moral, mais c'était pas de la tarte. Et il est reparti dans le vestibule, s'asseoir sur sa chaise. Le lendemain, je l'ai trouvé comme ça. Je voulais qu'il aille au boulot, sinon on s'inquiéterait, et là, on viendrait chez nous à coup sûr voir ce qui se passait, mais il n'avait pas l'air de comprendre ce que je racontais. Il a ouvert une boîte de sardines, et on a mangé un peu. Ensuite, il a décroché son costume, qu'il mettait contre la porte des W.-C., à un cintre, avec sa chemise, sa cravate, et ses chaussettes, dans une boîte. Il s'est habillé, je l'ai vu partir, la tête basse. Je suis retourné pousser un petit roupillon, sur le balcon : dans ma chambre, ça sentait trop.

Enfin, ça a été comme ça deux jours durant, et puis après, il a repris le dessus, il est allé régler son compte au Commis-Boucher. C'était risqué, mais radical.

Il m'a dit qu'il avait pris sa voiture, qu'il savait bien à quelle heure le Commis quittait son travail ; il rentrait en vélo chez lui, et crac, dans la gueule. Tout était vrai, il était fier de lui, il a mis l'article où on racontait tout ça sur le mur des W.-C., avec un morceau de scotch.

Après ce passage difficile, on a repris notre petite vie pépère. Nos trains, mon pinard, nos repas en tête à tête, du coup, c'est lui qui allait chercher les steaks chez M. Bandret.

Pour les sacs, ça devenait critique. Il a jeté tout ce qui restait dans le placard, l'aspirateur, des vieilles frusques, des livres. L'espace était maigre, en tassant fort, à peine quarante sacs. Il a eu une idée malencontreuse, c'est de tasser, justement. Il est arrivé un soir avec une grosse pelle, et il m'a dit : « Tu vas voir ce que tu vas voir… » Il est allé dans ma chambre, en rampant dans le Canyon, je l'ai suivi, et il s'est mis à cogner sur les sacs, avec le plat de la pelle, et vlan et vlan : ça a pas traîné, en dix minutes il avait gagné deux mètres… L'ennui, c'est que les sacs éclataient, ça coulait partout, et la fosse à purin, dans la ferme où j'ai passé ma jeunesse, c'était le paradis en comparaison de ce qu'on a respiré. Terrible, c'était terrible, ce qui sortait des sacs, une bouillie de toutes les couleurs, pleine de jus. Il toussait, comme moi. C'était tout liquide, cette saloperie-là.

Il a foncé à Carrefour, et il est revenu avec des grandes éponges, du papier pour absorber, il a fallu boire toute la sauce des sacs par les éponges et les rouleaux de papier, ça a pris du temps. Ensuite, il a mis les éponges dans des sacs, et les papiers aussi. Les nouveaux sacs sont allés rejoindre les autres, le bénéfice était maigrichon, mais enfin, on ne peut pas dire, j'avais plus de place pour m'allonger. De ce jour-là, il a renoncé à tasser.

Et pour qu'il se nettoie, c'était pas de la tarte. Il était couvert de jus, ça avait giclé dans tous les sens, en cognant sur les sacs avec la pelle ! La baignoire était remplie, aussi. Il ne restait que les W.-C. Il s'est mis à genoux, et, en tirant la chasse, il s'est nettoyé.

C'est à cause de ça qu'il s'est rendu compte que la salle de bains était superflue. Il fallait juste l'eau pour se nettoyer, et la cuvette des W.-C. était suffisante. Comme quoi on dit le luxe et tout, eh bien, lorsqu'on est coincé, on revient à une conception plus saine de la valeur des choses.

Mais il est vrai que la propreté devenait un problème aigu.

Dans le vestibule, il avait ses deux costumes, qu'il faisait nettoyer au pressing, à tour de rôle, pour être impeccable à son travail. Après on n'a pas eu de chance, quand les W.-C. sont tombés en panne. Et lui, ce grand nigaud de bricoleur qui vous fait des merveilles de petits trains avec ses doigts de fée, il n'y connaît rien en plomberie ! Heureusement, c'était presque les vacances et puis de toute façon on s'est fait prendre à cause du Visiteur…

Bien évidemment, on avait fait expertiser la voiture du Coupable. Une Ford d'un modèle assez ancien. L'avant, la calandre et le pare-chocs ne portaient pas de traces d'accident, mais le Coupable avait eu tout le loisir de réparer, ou de faire réparer. Une enquête détaillée auprès des garagistes de la région ne donna aucun élément. L'Emmerdeur s'excitait en postillonnant que le Coupable, certes fou à lier, n'était cependant pas naïf au point de se rendre dans un garage d'Altay ou des environs afin de procéder à une remise à neuf de son véhicule.

Gabelou lui avait balancé un rapport d'expert démontrant que les blessures du Commis ne pouvaient avoir été causées par un pare-chocs de Ford, celui-ci étant trop bas pour frapper là où l'on avait frappé. L'Emmerdeur ne se laissa pas démonter et produisit un contre-rapport, basé sur les conclusions de l'expert officiel : les traces de pneus sur l'asphalte indiquaient la vitesse de cent kilomètres à l'heure avant freinage et de soixante, après. À cette allure, le véhicule avait de toute façon heurté la bordure du trottoir, et l'avant s'était soulevé pour percuter le Commis. Gabelou lut le papier, agrémenté de plusieurs croquis et de calculs – un vrai problème de physique pour classe de seconde – et reconnut, penaud, que l'Emmerdeur venait de marquer un point.

Et c'était à cause du Commis que tout avait démarré. Sans cela, sans l'acharnement de l'Emmerdeur, sans l'avarice de la Compagnie, il eût été facile d'écraser le coup, de ne retenir que le meurtre passionnel…

Gabelou jeta un coup d'œil à la pendule. Il était 5 h 30. À l'étage du dessous, l'agitation s'était un peu calmée. La neige, au-dehors, s'amoncelait en une couche tout à fait respectable. Sur le rebord de la fenêtre, à l'extérieur, le thermomètre indiquait moins cinq. Gabelou se passa une main sur le visage. Cette nuit de veille l'avait éreinté, mais il savait qu'il n'aurait pas trouvé le sommeil. Cette salade l'agaçait au plus haut point, il n'avait qu'une envie, partir au plus vite chez lui, là-bas, au pied du Ventoux. Il devait y faire un froid de canard, mais l'air n'y puait pas le cadavre.

– Bon… Léon, on s'est assez emmerdés comme ça, tous les deux ! Allez, viens, on va casser une petite graine ! Allez, debout, vieux salaud…

Ils descendirent jusque dans la cour. Gabelou eut beaucoup de difficultés à faire démarrer sa voiture. Il avait oublié de mettre de l'antigel et s'inquiétait. Le moteur tourna enfin, non sans avoir rechigné durant de longues minutes. Gabelou s'énervait, sous le regard perpétuellement indifférent de Léon.

Il conduisit à petite vitesse jusqu'au Châtelet, et tourna rue des Halles. Les premiers passants se hâtaient vers les bouches de métro, en remontant le col de leur pardessus. Enfin Gabelou se gara devant un bistrot où les derniers bouchers du quartier viennent se restaurer. La salle était enfumée ; les blouses tachées de sang y voisinaient avec les tenues plus élégantes mais froissées de joyeux drilles venus terminer la nuit dans cet endroit, manger une soupe à l'oignon. Les visages convergèrent vers le commissaire et son ami Léon. Ils prirent place dans un recoin de la salle, Gabelou s'affalant sur la banquette, Léon se contentant de la chaise, en face de lui.

– Qu'est-ce qu'on va prendre, hein, Léon ? Deux petits salés, hein ? Va pour deux petits salés. Et un bol de rouge pour Léon !

Le serveur toisa le Vieux Léon d'un air hautain, mais il en avait vu d'autres ; il nota la commande.

Gabelou attaqua la viande à bonnes dents, encourageant Léon à en faire autant.

– T'es crevé, mon pauvre vieux. Mange, ça va te requinquer. Non ? t'as pas faim ?

◆

Holà, c'est plus de mon âge, de vadrouiller comme ça. Ils ont fait du raffut toute la nuit, ces flics, à courir dans les couloirs, et quand c'était pas eux, c'était Gabelou qui me serinait avec ses cassettes, je peux pas suivre, moi. Surtout avec le pinard que j'ai bu.

Il m'avait promis qu'on irait voir le Coupable, et nous voilà attablés pour bâfrer ! J'ai plus faim. J'ai sommeil. Je ne sais pas ce qu'il cherche, le Gabelou, si c'est me faire tourner la tête ou quoi, mais j'en ai marre. De toute manière, il sait tout, ça ne sert à rien de nier. Quand le Coupable se réveillera, ils le feront avouer, en le tenant comme moi dans leurs bureaux plusieurs jours de suite, et lui, c'est pas comme moi, c'est un émotif, il voudra leur expliquer pourquoi il a fait tout ça, au lieu de la boucler, et ça ne servira qu'à l'enfoncer davantage. Il ne pourra pas se taire, c'est certain, c'est un bavard, une pipelette. Et provocateur avec ça. Quand il va les voir, tous autour de lui, il sera très content de leur tenir le crachoir, de les faire tourner en rond… Rendez-vous compte qu'il a eu le culot d'aller à l'enterrement du Gamin ! Oui, oui, oui... ça c'était gonflé ! Il le connaissait bien, et aussi les parents, mais quand même, est-ce qu'on va tenter le diable juste histoire de rigoler ?

Il est allé là-bas, en Normandie, avec la voiture qui avait servi à tuer le Commis !

Moi aussi, je le connaissais, le Gamin. Il était gentil avec moi, lui, au moins, pas comme la Vieille. Je le voyais au club de modélisme, à la Maison pour Tous. Le Coupable donnait un cours, tous les mardis soir. Il y avait une quinzaine de gosses, qui venaient, les uns avec des avions, les autres avec des bateaux, ou des trains, et même des tracteurs avec des piles et une antenne, et ils commandaient ça avec une boîte, de loin.

Le Coupable aimait bien que je l'accompagne. Oh, je me mêlais pas des maquettes, pour sûr. Je m'asseyais dans un coin et je les regardais faire. Ils papotaient tous ensemble, s'échangeaient leurs outils, leurs pinces, leurs loupes. La séance durait plus de deux heures. Les gosses demandaient au Coupable comment faire une soudure, et quelle peinture il fallait pour le bois, sur le bateau, avant de le mettre dans l'eau, enfin, des tas de conneries comme ça, et ils avaient l'air de s'amuser comme des fous.

Moi, quand j'étais gosse, j'ai jamais eu de jouets. Si, un seul : une espèce de petite poupée qui faisait du bruit, mais elle a pas fait long feu, je l'ai bousillée tout de suite. Je crois bien que je m'en rappelle encore : un gros nounours bleu et rouge, comme nos sacs, tiens. Je ne sais pas comment j'avais eu ça, parce qu'à la campagne, de mon temps, on n'avait pas ce genre de cadeau, nous autres.

Alors le Coupable répondait à chacune de leurs questions, et prêtait ses outils à lui ; les gosses lui rendaient jamais, il râlait et en fin de compte il en rachetait d'autres. Tout ça, c'est pour dire que c'est pas un monstre, mon copain. Au procès, s'agirait pas de l'oublier. On aura fort à faire, avec les témoignages des vieux du Club, de l'Emmerdeur, et le patron boucher, et peut-être les parents du Gamin…

Il a fait ses cours jusqu'au bout. Après, c'était les vacances de Noël. Il faisait froid. Heureusement, parce qu'on redoutait la chaleur, à cause des sacs. Je passais mes nuits à chasser les mouches. Des œufs éclos qui dataient de l'été. Le Coupable se ruinait avec des produits contre cette vermine, il aspergeait tout avec de la poudre, ça me faisait tousser. Mais la poudre ne suffisait pas. Alors il en est revenu aux bonnes vieilles méthodes campagnardes : le papier collant ! Il en mettait partout, ça pendait dans tous les coins, un vrai massacre. Tous les soirs, on comptait des centaines de mouches, des à merde.

Le Gamin, il y venait, au cours de modélisme. Il voulait même que le Coupable l'emmène à Stuttgart, mais ses parents auraient jamais eu le pognon pour payer le voyage. Mon copain l'avait, lui, en économisant les sous de la cantine.

La maquette du gosse, c'était un gros bateau. Il n'avait pas encore mis la cabine et tout, juste la coque en bois, avec un moteur qui faisait un sacré raffut, même que le Gamin aimait bien le faire tourner pour rigoler, et le Coupable l'engueulait en disant que ça abîmait l'hélice de la faire ronfler quand elle était pas dans l'eau. Je t'en fous s'il écoutait, le garnement, dès qu'on avait le dos tourné, vroumm et vroumm, des bêtises de gosse, quoi !

Et puis les cours ont fini à cause de Noël. Le Coupable dormait presque toute la journée, chez nous. Dans le vestibule. À la fin, on n'avait plus que le vestibule où se mettre, parce qu'il avait bien fallu fermer les W.-C., complètement cassés. Ils fuyaient, mais si un plombier était venu, gare à la catastrophe... ! On fermait la porte, pour l'odeur. Le Coupable utilisait les W.-C. de l'Altay-Club, quand on était de sortie, mais la nuit, il n'allait quand même pas se retenir, hein ?

Moi, de ce point de vue-là, j'avais pas trop de problèmes. Je dormais plus dans ma chambre, c'était plus possible, surtout qu'on avait encore mis des sacs, il restait tout juste la place pour le train. Alors je faisais dans le fond, près de la fenêtre. Ou bien au-dehors, en balade. Mais le Coupable, lui, ne voulait pas faire comme moi, il a trouvé une autre solution : les bouteilles de Contrex, en plastique. Avec un gros goulot. Un litre et demi chacune, on a le temps de voir venir... Une fois la bouteille remplie, il la rangeait dans les W.-C., comme ça, ils continuaient de servir, malgré tout. Il remettait bien le bouchon, avant de la ranger. On était tranquilles pour un bon moment, parce que les bouteilles, ça se range bien mieux que les sacs. Et c'est plus solide. Jamais elles n'ont lâché.

On mangeait plus sur la table, non plus. Avant, il y avait une table dans le salon, où étaient installés les transfos des trains, les commandes des aiguillages, toute la partie technique. Mais la table prenait trop de place, et le Coupable l'a refilée à Emmaüs. Il a installé toute la technique sur la table de camping, dans le vestibule. Il dormait dessous, le matelas calait bien la table.

Quand on arrivait sur notre palier, au dernier étage, ça sentait. Honnêtement, ça sentait. Heureusement que le voisin était chez les fous, sinon je crois qu'il aurait fini par se plaindre. On avait tout calfeutré pour empêcher l'odeur d'aller dehors. Le Coupable avait cloué une couverture roulée tout autour de la porte, pour bien protéger, mais les derniers jours, ça ne suffisait plus.

Des gens du dessous, on n'avait pas grand-chose à craindre.

À droite, c'est un type de l'usine Citroën, il travaille la nuit, et rentre au petit matin. Il a les yeux tout petits, l'air pas heureux, ce gars-là. Son boulot c'est de mettre la peinture sur les autos. Il a les cheveux tout gris. Alors vous pensez que son nez ne renifle plus rien d'autre que la peinture et le gas-oil à la rigueur. À gauche, c'est des jeunes de l'usine aussi, mais pas de la peinture. Des drôles de loulous qui ont déjà eu affaire à la police pour la drogue. Ils filent dans les escaliers sans regarder personne, et couchent dehors la plupart du temps ; ce qui se passe dans l'immeuble, ils s'en foutent.

Le Gamin, lui, il habitait dans un immeuble pas loin. Le Coupable le ramenait chez lui, le soir, après le modélisme, parce que les parents aimaient pas le voir traîner dans la rue. Ils disaient qu'autour de l'Altay-Club c'était plein de truands qui volent des Mobylettes et on ne sait jamais avec cette racaille-là…

Aujourd'hui, ils disent que c'est nous, le Coupable et moi, la racaille, ils s'en foutent, des voleurs de Mobylettes !

Alors pour le Gamin, c'est pas compliqué. C'est ces conneries de gosse. Il avait emprunté plein d'outils au Coupable, pour son chalutier, et c'était les vacances, il allait partir en colonie. Le père lui a dit d'aller les rendre…

Il est venu un soir, mais on était prévenus, quand il a frappé, il n'y avait plus de bruit, et j'ai pas éternué, ni fait tomber mon assiette, comme le jour du Commis. On l'a laissé frapper, le Gamin. Mais il avait la trouille que son père le gronde pour les outils, et au lieu de les déposer devant la porte, ça lui a pris, une idée de gosse, il est passé par chez le voisin… Le fou est chez les fous pour longtemps, alors on a tout déménagé chez lui, parce que les voyous ont cambriolé plusieurs fois. La porte n'est même pas fermée et le Gamin est entré, il est allé jusqu'au balcon, qui touche presque le nôtre.

Et tout à coup, voilà qu'on entend du bruit du côté de ma chambre. C'était le gamin qui mettait les outils contre le volet fermé… On a vite rampé jusque là-bas pour écouter, et puis on est revenus jusqu'au vestibule, tout essoufflés, le Coupable et moi, avec le trouillomètre à zéro, la belle affaire !

Et le Coupable a attrapé le Gamin sur le palier. Il lui a passé un savon, et même mis une baffe, mais il avait l'habitude, le salopiau, d'en recevoir, des torgnoles, avec toutes les bêtises qu'il faisait.

« Pourquoi vous avez pas répondu, quand j'ai frappé ? » Le Coupable ne s'est pas dégonflé, il a tout de suite trouvé la réponse : « Je dormais », a-t-il dit. « Ah ? » a fait le Gamin. Puis le Coupable lui a caressé la joue en disant que c'était pas bien grave, mais qu'il ne recommence pas, sinon, il dirait tout à ses parents !

On l'a regardé descendre l'escalier, tous les deux. Je savais ce que ça voulait dire. Je n'étais pas d'accord, mais si le Gamin racontait tout, on allait se retrouver dans la panade, et quelqu'un finirait bien par ouvrir le congélateur !

Deux jours plus tard, le Gamin partait en colonie. On l'a vu passer dans la rue, avec sa valise et son cartable sur le dos. Dans le cartable, il avait mis ses jouets, pour pouvoir rigoler avec ses copains.

« Où tu vas comme ça ? » lui a demandé le Coupable. Le gamin nous a dit qu'il allait prendre le car jusqu'au RER, et ensuite le RER jusqu'à Paris. Personne ne l'accompagnait, tout le monde était au boulot. Après la grève des voitures, s'agissait pas de perdre du temps, mieux valait gagner des sous.

Quand il a disparu au coin de la rue, ce petit bonhomme avec son cartable et sa valise, j'ai bien senti qu'il allait encore arriver une drôle de tuile. On est rentrés chez nous, le

Coupable a un peu joué avec son train, cinq minutes, puis il m'a dit qu'il partait faire des courses. Il est revenu une heure plus tard, avec deux beaux steaks pour faire la fête.

On était à table quand on a entendu les hurlements. Elle gueulait tant qu'elle pouvait, la mère, pour qu'on puisse l'entendre de chez nous ! On est descendus vite fait jusque devant chez le Gamin.

Il y avait des flics, et la mère qui pleurait dans les bras du brigadier.

Le Coupable secouait la tête, il a serré la main du père qui rentrait de l'usine, parce qu'on l'avait appelé. On est restés une bonne dizaine de minutes avec eux, mais le Coupable en a eu assez, et puis il avait faim.

On est revenus chez nous pour casser la croûte. Le malheur des autres, ça va bien cinq minutes, mais gare aux abus. Moi, par exemple, personne n'a jamais pleuré sur mon sort, et pourtant, je mérite, avec tout ce que j'ai souffert.

Je mangeais ma bavette, toujours aussi bonne, et le Coupable ricanait dans son coin, en appuyant sur les boutons du transformateur, les trains se mettaient en route, et il ricanait encore.

Il a donné des sous pour la couronne, avec tous les gens de la cité. Une belle couronne pleine de fleurs blanches, ça sentait bon, une véritable bénédiction, on l'a gardée une nuit chez nous, puisque c'est lui qui l'a emportée dans sa voiture jusqu'en Normandie, pour l'enterrement.

Cette nuit-là, on a dormi tous les deux dans le vestibule, l'un à côté de l'autre, comme deux frères, les pieds vers les W.-C., et la tête presque contre la couronne. Et ça parfumait notre chez-nous, sans réussir à chasser l'odeur du reste, mais un peu, quand même…

Le lendemain matin, il s'est levé de bonne heure, il s'est

habillé avec le costume qui revenait de chez le pressing à côté de l'Altay-Club, et il est parti en chantant, avec la couronne dans les bras. J'ai regardé la voiture tourner au coin de la rue. J'étais bougrement inquiet : d'ici qu'il aille faire le fanfaron au cimetière, et nous voilà dans la mélasse !

Toute la journée, j'ai tourné en rond dans la cité, autour du CES, je suis allé voir le changement d'équipe à l'usine Citroën, ce qui me distrait beaucoup d'habitude, mais là, rien, j'étais trop anxieux. L'usine, ça me plaît à cause de la trogne des gars qui sortent après leur boulot. Ils tirent tous une drôle de bobine, avec leur air fatigué. C'est ça qui me remonte le moral à moi, Vieux Léon, parce que cette tête-là, je l'ai jamais eue, même si ma foutue vie a pas toujours été de la tarte, ah ça pour sûr que non !

Bref j'ai passé une mauvaise journée, le samedi de l'enterrement. Et puis le soir, j'étais sur un banc, au bout de notre rue, tout à coup j'entends un grand bruit de klaxon, des cris joyeux, c'était lui qui revenait. Il portait des paquets plein les bras, et on a fait une sacrée fête avec le gigot et la pintade, chez nous. Il m'a raconté comment les gens pleuraient, là-bas, au bord de la mer. Il se tordait de rire, ce qui ne lui arrive pas souvent, mais là, on aurait dit qu'il se rattrapait !

Ce soir-là, en m'endormant – il était tard, on a fait rouler les trains jusqu'à 2 heures du matin –, j'étais gonflé à bloc. Il suffisait qu'il déblaye un peu quelques sacs, la nuit, par exemple, plusieurs soirs de suite, pour que tout redevienne vivable. Il aurait pu les mettre dans une rue voisine, personne ne se serait rendu compte. Mais non. Alors voilà où nous en sommes. Lui à l'hôpital, et moi, entre les pattes de Gabelou !

Arrêt sur lecture 2

La partie « Le Palais » comporte 16 séquences.

L'intrigue

Le Coupable, qui avait déjà revendiqué le meurtre de sa femme, revendique ceux de la Vieille et du Commis-Boucher. Ces aveux ne constituent toujours pas des preuves. Nous ne disposons pas de sa confession sur cassette pour le meurtre du Gamin, mais la conviction de Léon est faite : le Coupable, là encore, mérite son nom. Le lien entre ces trois dernières morts apparaît : les victimes se sont approchées de l'appartement et de son secret.

Le calendrier se confirme et se précise. On savait que la mort du Gamin avait eu lieu moins d'un mois avant l'exhumation, et qu'elle avait suivi de deux mois celle de la Vieille. On apprend la date exacte de la mort de Mme Petit (5 octobre) et celle de la mort du Commis-Boucher (5 novembre). Ainsi, l'auteur nous aide à nous repérer en même temps qu'il cherche à nous perdre. Des pièces du puzzle s'ajustent, beaucoup restent disjointes.

Les personnages

La parenté entre le Coupable, Gabelou et Léon se confirme. Comme pour continuer une chaîne d'amitié, Gabelou remplace le Coupable auprès de Léon. Il lui donne à manger, lui parle, le promène. Les points communs deviennent de plus en plus nombreux. Gabelou, comme Léon, a des origines paysannes. Comme lui, il est marqué physiquement par la vie et il est las. Le trio se consolide, et c'est d'ailleurs sur son évocation que s'achève la partie « Le Palais » : « Alors voilà où nous en sommes. Lui à l'hôpital, et moi, entre les pattes de Gabelou ! »

Quant au Coupable, il apparaît de plus en plus complexe, double. D'un côté le meurtrier, le fou. De l'autre le moraliste, l'homme dont Léon peut dire : « C'est un type raisonnable. Ordonné, propre et raisonnable. » Le Coupable, qui s'acharne contre les sacs de détritus à coups de pelle, est aussi un homme capable de solidarité avec les grévistes, un homme patient et indulgent avec les enfants du club de modélisme qui ne lui rendent pas ses outils : « C'est pas un monstre. »

Les lieux

Les souvenirs de Léon, les cassettes du Coupable et les photos de la police permettent de suivre l'évolution de la catastrophe dans l'appartement, envahi par les trains électriques et les ordures. Les trains électriques représentent le versant ludique de la folie, et les sacs, son versant mortifère. Les deux envahissements sont concurrents puisque les sacs gênent le déploiement du circuit et que les suintements abîment les fils électriques. Le paysage créé par les maquettes renvoie à la fois à l'enfance et à un état antérieur du paysage : village avec passage à niveau, mairie, ruelles... Ce n'est pas un hasard si le Coupable écoute du Charles Trenet, chantre de la mythologie d'une ancienne « douce France ». Ce n'est pas un hasard si les grands nostalgiques que sont

Gabelou et Léon admirent les miniatures du Coupable. Ce monde est menacé par les sacs-poubelles, symboles de la société moderne.

L'immeuble est également présent dans le roman. Le Coupable loge au cinquième, la Vieille logeait au troisième. Le voisin de palier est un enseignant qui a « craqué ». Les gens du dessous travaillent à l'usine Citroën. Les voisins immédiats de l'immeuble constituent le premier cercle d'un extérieur marqué par « la Crise ».

Un palais des ordures

Dans *Des déchets, des détritus, de l'abject* (Institut Synthélabo, 1997), le philosophe François Dagognet réfléchit sur les matières que notre société hyper-hygiéniste refoule et méprise. Il établit, en allant du plus noble au moins noble, une hiérarchie de tout ce qui va vers l'extinction ou la corruption : les fragments, les épaves, les déchets, les scories. Plus loin, il situe les détritus, les ordures et enfin l'excrémentiel. Thierry Jonquet a donc choisi le bas de l'échelle, les matières qui inspirent le plus la répulsion.

François Dagognet invente le proverbe : « Dis-moi ce que tu jettes et surtout ce que tu conserves, je te dirai qui tu es. » Il suggère à la psychopathologie de s'intéresser à deux extrêmes dans la gestion de l'espace et des objets : d'un côté le dénuement absolu, le « vide désertique » ; de l'autre la « surcharge-décharge la plus chaotique, qui prélude à la dépossession de soi-même et l'entrée dans la démence » (ouvrage cité, p. 98).

Avec le Coupable, Thierry Jonquet a créé un personnage ayant les symptômes d'une affection psychiatrique. Mais on ne peut oublier qu'il s'agit là d'un personnage de roman, et il serait vain de projeter sur lui des catégories psychiatriques extérieures au texte même. Par contre, si on examine le texte, on s'aperçoit que la notion d'ordure ne se limite pas aux sacs qui envahissent l'appartement. Quand le Coupable parle de la Vieille, il l'appelle « pourriture », « charogne », « poison ». Le rapport d'autopsie de Mme Petit constate « l'état de décomposition avancé du cadavre »... C'est tout un univers qui est placé sous le signe de la pourriture.

Au cours de cette partie, les mauvaises odeurs se répandent dans l'appartement et dans le texte. Dans *Le Ventre de Paris*, Zola avait longuement évoqué les odeurs (mauvaises) des fromages :

« Autour d'elles, les fromages puaient. [...] Puis les odeurs s'effaraient, roulaient les unes sur les autres, s'épaississaient des bouffées du port-salut, du limbourg, du géromé, du maroilles, du livarot, du pont-l'évêque, peu à peu confondues, épanouies en une seule explosion de puanteurs. [...] Et cependant, il semblait que c'étaient les paroles mauvaises de madame Lecœur et de mademoiselle Saget qui puaient si fort. »

Le critique Barbey d'Aurevilly s'était indigné de ce goût pour le malodorant :

« C'est ainsi qu'il [Zola] mêle le drame aux fromages. Mais la frénésie puante de ces fromages, qui se mettent à puer avec cette frénésie d'infection, l'emporte sur la scène où ces coquines puent à leur tour... »

Barbey d'Aurevilly refuse le réalisme, qualifié de littérature « d'immondices », décrivant toutes les réalités « quelles qu'elles soient ».

De Zola à Thierry Jonquet, la puanteur et les immondices constituent un terrain privilégié de la démarche réaliste, ces provocations pouvant choquer au nom du « bon goût » ou d'esthétiques opposées.

Les écritures

On ne saurait étudier un roman policier ou noir uniquement du point de vue de son intrigue* ou de sa thématique. Même si le lecteur ne prend pas le temps de l'analyser, sa relation au livre est le fruit d'une écriture. Simenon affirmait avoir un style « non littéraire ». Il entendait par là un style débarrassé des « fioritures », des « belles phrases ». Mais en voulant mettre la phrase au service du récit, ne reprenait-il pas tout simplement le principe de Boileau pour qui les formes n'étaient que des moyens ? De même que Brassens disait qu'il n'était pas poète, beaucoup d'auteurs de romans policiers ont dit qu'ils n'étaient pas écrivains. Vraie ou fausse, cette modestie est excessive. Le souci du non-style au nom de l'efficacité constitue bel et bien une préoccupation d'écrivain. La vraie littérature s'est toujours opposée à ce qui s'était figé dans des formes conventionnelles, à ce qui sonnait faux. Si le roman policier ou noir a des contraintes spécifiques liées aux attentes particulières de son public, cela n'exclut nullement un travail sur l'écriture. Si un roman comme *La vie de ma mère !* a beaucoup contribué à faire connaître Thierry Jonquet au-delà des lecteurs de romans noirs, c'est en grande partie grâce à son maniement de la langue.

Dans *La Bête et la Belle*, on ne trouve pas *un* style de Thierry Jonquet, mais plusieurs styles liés au partage des rôles entre le narrateur, Léon et le Coupable, adaptés aux personnages, à leur personnalité et à leur situation de communication.

Le monologue intérieur de Léon (exemple : séquence 2, p. 81-83)

Le monologue intérieur entraîne une forte présence du « je », parfois associé à « moi » («Moi, je regardais tout ça… »). Les marques du langage oral et familier abondent du point de vue du lexique* («pétard », « canarder », « ça a valsé ») et de la syntaxe, dans l'expression de la négation («j'ai jamais fréquenté ces coins-là »), le redoublement du sujet

(«Le Coupable, il n'aura plus besoin d'appartement») ou l'emploi d'onomatopées* («pan», «crac»). Les origines paysannes de Léon se manifestent discrètement par son emploi de l'article précédant le nom propre («le Gabelou»).

La confession du Coupable (exemple : séquence 4, p. 86-89)
Le Coupable s'adresse à la fois à son magnétophone et à son compagnon. D'où la présence de ce destinataire, marquée par son nom souvent rappelé, par les pronoms personnels («on», «nous», «tu»), par les impératifs nombreux et les interjections («hein»). Léon ne parlant pas, il entre dans les propos du Coupable un faux dialogue où il fait lui-même les questions et les réponses («Ah, tu veux savoir comment j'ai fait ? Eh bien, je te dis...»), où il suppose ce que pense son ami («Tu aurais voulu venir avec moi ?»). On retrouve un langage oral et familier qui illustre la parenté culturelle existant entre le Coupable et Léon.

L'écriture vise aussi à faire ressentir un état d'excitation anormal, à travers les répétitions («on l'a eue, on l'a eue»), les points d'exclamation, la véhémence et la redondance des insultes («la carne, la pourriture, la charogne»), l'intégration de chansons aux propos tenus, comme le ferait un homme ivre («Ah Léon, Léon, Léon...», «À la tienne Étienne»). Mais, dans ses égarements, le Coupable demeure apte à tenir un discours de type argumentatif sur la justice.

Le narrateur
Les séquences confiées au narrateur s'avèrent plus complexes. Pour renforcer la particularité des séquences où parlent le Coupable et Léon, elles ne comportent pas ici cette dominance du langage oral et familier. Celui-ci y figure toutefois quand les propos sont rapportés au style direct ou quand la perspective adoptée est celle de Gabelou. Des phases de focalisation* zéro (la perspective passe par le narrateur) et des phases de focalisation* interne (la perspective passe par un personnage) alternent dans le récit. Nous sommes en situation de focalisation zéro dans

une phrase comme « Gabelou relut le compte rendu d'examen pratiqué par le médecin, appelé par le brigadier Dufour ». Nous sommes en situation de focalisation interne dans une phrase comme « Ensuite, après le cirque provoqué par l'Emmerdeur, Gabelou s'était décidé à faire pratiquer une autopsie... » : Gabelou n'aimant pas cet Emmerdeur qui lui complique la vie, le mot « cirque » est bien lié à son jugement. La focalisation zéro dominant, le langage oral et familier est beaucoup moins présent que dans les autres séquences. De nombreuses phrases sont conformes à l'esthétique de Simenon : refus de tout effet qui pourrait passer pour « littéraire », remarquable rareté des comparaisons, des métaphores*, des figures de style.

Le style s'écarte cependant de cette écriture neutre pour évoquer les deux poésies opposées, celle du train électrique et celle de l'horreur.

> **La ville de maquettes que le Coupable avait installée dans le Canyon était très belle. Un fouillis de ruelles de plastique, des petites voitures, des camions, et même un système d'éclairage composé de minuscules lampadaires. Tout cela était agencé autour de la gare : les trains s'y arrêtaient automatiquement, dirigés depuis le salon où le Coupable avait installé les transformateurs, le poste de commande régissant la circulation de ce réseau dont les ramifications s'étendaient à travers tout l'appartement** (séquence 5).

La phrase prend ici une ampleur inhabituelle pour suivre l'expansion de cet univers en miniature.

> **Les époux Bandret, qui venaient juste de refermer le rideau de fer de leur échoppe, eurent tout le loisir d'entendre le ronflement du moteur, le hurlement du caoutchouc écrasé sur le goudron, et enfin la cacophonie de tôle et de tubulures froissées, mêlée au bruit de la chair déchirée par le pare-chocs, le fracas des os, le chuintement des veines et des artères se vidant de leur sang** (séquence 12).

Là encore, la phrase s'enfle, prend un caractère épique*, accepte les effets refusés ailleurs, un jeu de rythmes, d'allitérations et d'assonances* (tôles / tubulures, chair déchirée).

SAINT-DENIS ▶ La famille n'avait plus rien jeté depuis deux ans

Plus de 100 m³ de détritus dans l'appartement

Gros titre d'un article paru dans *Le Parisien* du 24 août 1996 révélant le rétentionnisme d'une famille. Ce genre de fait divers se passe près de chez nous. Inquiétant, non ?

Les écritures-documents

Thierry Jonquet intègre au récit des textes qui font figure de documents cités, montrés : extraits d'interrogatoires (séquence 5), rapport du brigadier Dufour (séquence 3), article de journal (séquence 13). Pour ces deux derniers exemples, l'intention est avant tout parodique* puisque ces textes brillent par leur conformité caricaturale* à un modèle canonique*, celui du rapport de police et celui du compte rendu d'accident dans les rubriques de faits divers.

Le traitement écrit du langage parlé

Le groupement de textes qui suit donne à lire trois auteurs du XXe siècle qui ont intégré le langage oral dans la littérature.

« Y avait pas à écouter y avait à regarder… subit ! un grand mouvement de gens… je vous disais la gare de Flensburg était bien au moins à vingt voies… soudain pleines de monde… je me dis ces gens-là vont quelque part… avachi là sur les sacs je voyais pas bien où ils allaient… je me mets debout, je me force… ah ! je comprends !… ils étaient bien une centaine agrippés à un wagon, je dis cent : peut-être mille… femmes hommes mômes… militaires, civils… ils voulaient escalader mais les portes bouclées, impossibles… pas qu'un wagon… quatre…

cinq… tout un train… oh je vois ce que c'est, je saisis ! c'est un train « Croix-Rouge »… plein de petits fanions… « Croix-Rouges » et de ces panneaux !… j'aurais pu voir si j'étais pas si abruti… et autre chose, il est en couleurs tout du long, tous les wagons… en bleu ciel et jaune… tout ce train de bout en bout… bleu ciel et jaune… encore un effort à comprendre : c'est le train de la Croix-Rouge suédoise, il remonte en Suède par Flensburg… bien sûr y a des amateurs !… pour ça qu'ils veulent le prendre d'assaut… parbleu ! mais il semble déjà plus que plein… des femmes je dirais des centaines aux vitres et leurs mômes et des infirmières… ce train est bourré d'enfants… moi aussi un peu je suis « Croix-Rouge » ! la preuve mon brassart !… et j'ai aussi une bordée de mômes ! et en détresse !… ce foutu train approche d'où nous sommes… lui il va passer la frontière, pas question de douanes ! ça aussi les fait goder tous, eux et leurs paquesons, comment ils se raccrochent !… je vous disais cent, mille !… j'exagère rien… »

Louis-Ferdinand Céline (1894-1961),
Rigodon, Éditions Gallimard, 1969.

« Dans la cabane, le calme régnait enfin. Du balcon, j'ai regardé les voitures démarrer, avant d'écluser une bonne demi de champ' : j'en gardais toujours quelques-unes au Frigidaire, comme cordial, du brut, qui éclaircit les idées sans empâter la trappe.

Tout en sirotant, je tirais le bilan de la soirée. Le compte des vengeurs ; il se trouvait soldé, très strictement. Ceux qui ne canneraient pas dans la nuit, ils allaient, sûr, se laver les pinceaux pour un petit moment… Mais pas sans jacter ! Fallait prévoir une suite… À cette heure déjà, Angelo s'occupait sûrement de ma réputation. J'allais porter un drôle de bada dans Montmartre si je le laissais donner dans le genre confidences… Le joindre, pourtant, ça devait pas être facile non plus. Il me devait quand même quelques éclaircissements sur leur petite expédition. C'était à régler sans retard.

Le champ' glacé, le fauteuil club, l'atmosphère douillette du salon, m'amollissaient brusquement. Une bonne envie de me filer au page me venait. Après minuit, je ne suis plus l'homme des aventures. Les nuits blanches passées au labeur, ça me rebute. Sans ça j'aurais été boulanger, comme mon dab. »

Albert Simonin (1905-1980), *Touchez pas au grisbi !*, Éditions Gallimard, 1953.

« Le sana, pour beaucoup, c'est le refuge, la retraite anticipée. Ils ont plus tellement envie de retrouver l'usine, les petites besognes marmiteuses, la survie quotidienne entre le patron, le loyer, s'acheter le costard au carreau du Temple et passer toujours devant les boutiques étincelantes sans avoir de quoi y entrer ! Plus de soucis pour les indigents. On se retrouve tous en enfance, à l'école, à la caserne. Le loquedu le plus traîne-lattes se trouve des raisons de pavaner, bavacher, oublier un peu sa misère... la grand-maman de tous ses vices, toutes ses envies, toutes ses haines, ses plus vives rancœurs.

C'était le grand risque au fond, se laisser aller... croupir dans ces lieux de détresse. Avec le bouclier d'antibiotiques, à présent, on pouvait tenir un bon bail, se faire une honnête carrière de tuberculeux chronique. Tout vous y pousse, l'ambiance, la fatigue physique constante, la trouille d'aller s'affronter avec les affreux du dehors, reprendre sa petite partition dans le concerto de la jungle sociale.

À bien réfléchir, la prison ça présente moins de risques. On a surtout envie de s'arracher par la lourde, par le mur ou par un trou... ça vous fait une raison de vivre, d'espérer. Sortir de sana, on peut toujours, on signe sa feuille... valoche, l'autocar... salut ! Sans être guéri, sans fric pour se soigner tout seul, c'est une forme de suicide. »

Alphonse Boudard (1925-2000), *L'Hôpital*, La Table ronde, 1972.

à vous...

1 – À l'issue de la partie « Le Palais », quelles sont, sur le plan de l'intrigue*, les attentes du lecteur ? Êtes-vous en mesure d'émettre des hypothèses ?

2 – Relevez tous les éléments qui contribuent à l'image d'une réalité sociale problématique.

3 – Dans les extraits suivants, analysez le vocabulaire utilisé pour susciter la répulsion (intensité, champs lexicaux*, connotations*) :

> ... ça suinte un peu le long du papier peint. Il ne faudrait pas que ça ronge le plâtre quand même (séquence 4).
> Les sacs d'ordures suppuraient et l'un d'eux s'était fendu, déversant sur les fils un jus fétide qui avait rongé les gaines de protection (séquence 5).
> Là aussi, les derniers temps, des suintements s'étaient produits... (séquence 5).
> Mais après, quand la matière a fermenté, quand tout a bien macéré pendant des semaines et des semaines, ça a donné des gaz (séquence 11).
> Terrible, c'était terrible, ce qui sortait des sacs, une bouillie de toutes les couleurs, pleine de jus (séquence 14).

4 – En vous aidant des analyses proposées dans cet « arrêt sur lecture », étudiez, d'un point de vue stylistique, une séquence de chaque type d'énonciation (Léon, le Coupable, le narrateur).

5 – Analysez cet extrait de *La vie de ma mère !* de Thierry Jonquet (« Série Noire », 1994) :

> « Le soir, on retrouvait d'autres copains, ceux qu'allaient au centre de loisirs, ils revenaient au coin de la rue de Belleville, avec le car de l'école. Ils frimaient parce qu'ils étaient allés dans la forêt de Sénart, style ils avaient fait un voyage, un plan cam-

pagne, air pur et tout ! Moi, je voulais plus y aller, au centre de loisirs. L'année d'avant, il y avait eu encore une embrouille, le portefeuille d'un mono qu'avait disparu, et le dirlo m'avait accusé. C'était même pas vrai, c'était Renaud, un keum de la cité, bâtiment F escalier D, qu'avait chouré. Même pas cap' de se dénoncer ! »

Comparez ce texte avec les monologues intérieurs de Léon et les confessions du Coupable : faites apparaître les points communs et les différences.

6 – Sujet de dissertation — L'auteur de romans populaires Xavier de Montépin (*La Porteuse de pain, Le Médecin des pauvres*) eut cet échange avec Albert Wolff (propos rapportés par Félix Duquesnel, *Souvenirs littéraires,* Plon, 1922) :

> « Dites tout de suite que je ne sais pas écrire.
> – Je n'ai pas dit ça !
> – Mon cher, je n'ai pas de prétentions académiques, mais enfin, je sais écrire… J'écris comme on parle.
> – C'est que voilà, la difficulté, c'est d'écrire comme on ne parle pas ! »

Pensez-vous, comme Albert Wolff, que savoir écrire c'est « écrire comme on ne parle pas » ? (Le groupement de textes qui précède peut alimenter votre réflexion.)

7 – Examinez le rapport du brigadier Dufour (séquence 3, page 84) :
– Distinguez fautes d'orthographe et fautes de frappe.
– En quoi ce texte est-il caricatural ?
– Écrivez des parodies* d'autres textes normalisés (petites annonces, notes de service, lettres de vœux…).

8 – Montrez la dimension parodique* de l'article de journal relatant l'« accident » du Commis-Boucher (séquence 13, page 108-109). Écrivez la parodie d'un article relevant de la rubrique « faits divers » après en avoir lu dans des journaux.

LA BELLE

Avec un grognement de satisfaction, Gabelou repoussa son assiette. Le reste de brie qui s'y étalait n'était pas assez séduisant pour qu'il cède à la tentation. Il commanda un café serré. Léon avait boudé son petit salé, mais, Gabelou l'ignorait, il n'aimait que la bavette, l'araignée. La hampe à la rigueur.

– Alors Léon, dit Gabelou, qu'est-ce qu'on va faire de toi ? Si je te laisse retourner à Altay, les gens de la cité vont te faire un sort. Et puis tu ne peux pas rester tout le temps avec nous ! Où est-ce qu'on va te mettre ? À ton âge, personne ne veut de toi…

Léon scrutait la salle, autour de lui, le comptoir, les serveurs qui s'activaient avec leurs plats. Il n'avait prêté qu'une oreille distraite à ce que racontait Gabelou.

– Parce que, tu sais, reprit Gabelou, c'est fini, le cirque. Je classe, moi, je rends le dossier. Plus question que je m'esquinte !

Gabelou se leva et repoussa la table afin de gagner le comptoir, pour régler son addition. Puis il sortit. Léon le rejoignit sur le trottoir.

– Viens, lui dit Gabelou, on va faire un tour…

Ils se réinstallèrent côte à côte dans la voiture et Gabelou roula vers le boulevard Sébastopol, qu'il remonta jusqu'au

Magenta, en direction de la porte de Clignancourt. Les passants étaient plus nombreux et avançaient prudemment. La glace recouvrait la chaussée et les trottoirs, perfidement tapie sous la neige. Léon frissonna et se tassa davantage dans son fauteuil.

– T'as froid, dit Gabelou, attends, je vais mettre plus de chauffage…

Ils étaient arrivés sur le périphérique, que Gabelou prit en direction de l'est, vers Altay. La banlieue défilait sous leurs yeux, encore indolente dans le petit matin ; çà et là, des lumières s'allumaient, imprimant une tache claire sur la noirceur des façades. En alternance, Gabelou croisait des cités-clapiers, des zones industrielles, et de maigres enclaves pavillonnaires, oubliées là comme par négligence.

Les panneaux indicateurs d'Altay apparurent sur les portiques qui surplombent l'autoroute. Gabelou décrivit une large boucle pour éviter Altay-I. Après un bref no man's land sans maisons, ni arbres, ni usine, les premiers bâtiments d'Altay-II devinrent visibles, au loin. Il y avait une large bande de terre séparant les deux voies de la route. Des carcasses de voitures ou d'ustensiles ménagers finissaient d'y rouiller, et, de part et d'autre du terre-plein, on avait creusé un fossé afin d'empêcher les gitans d'installer leurs caravanes à l'entrée de la ville nouvelle. L'enseigne rouge et or de Carrefour clignotait dans la nuit, démesurée. Les voitures étaient rares, mais Gabelou se laissait doubler par les nombreux cars amenant les ouvriers droit dans la gueule béante de l'usine Citroën, tout là-bas, au fond, cachée derrière les collines artificielles parsemées d'arbustes. Les blocs d'immeubles devenaient plus serrés à mesure que Gabelou roulait. Avec des gestes saccadés, des zombies chevauchant des Mobylettes traversaient la route. Les lampes jaunes des réverbères jetaient une lueur étrange sur les allées enneigées, où des négresses en boubou trottinaient vers on ne sait quelle besogne.

Gabelou contourna le CES et ses bâtiments de préfabriqué pour pénétrer dans la cité des Lilas Bleus. Le Coupable habitait tout au fond. Bordant la cité, le bar Altay-Club était déjà ouvert, et toute une humanité laborieuse devait y être accoudée devant des cafés ou, beaucoup plus probablement, devant des ballons de calva, des chopes de bière, breuvages plus énergétiques. L'enseigne de néon bleu battait de l'aile et ne s'illuminait que par intermittence.

Gabelou claqua sa portière en grelottant. Il faisait plus froid qu'à Paris, et, de la plaine voisine, une bise sournoise soufflait en rafales, faisant tournoyer les flocons de neige.

Gabelou s'engagea dans le hall, le Vieux Léon sur les talons. Les noms des locataires étaient affichés sur les boîtes aux lettres, à côté d'un panneau où l'on pouvait lire quelques informations municipales. La section troisième âge de la Maison pour Tous organisait un séjour à la montagne, courant février. Les modélistes préparaient, quant à eux, une exposition-concours pour la fin de l'année scolaire... En somme, la vie continuait.

Ils montèrent les étages avec lenteur, Gabelou précédant Léon qui ne semblait pas très heureux de revenir chez lui. Il fallait bien appeler ça chez lui. Le service d'hygiène de la municipalité avait fait le nécessaire et les ordures n'empestaient plus l'appartement. L'incinérateur qui voisinait avec le CES s'en était donné à cœur joie, dévorant à pleines flammes les monceaux de sacs que l'on extrayait du logis du Coupable. À la fin, il émit un gros rot, crachant avec délices une bouffée de fumée noire de ses entrailles rassasiées...

Sitôt les repérages policiers terminés, on s'était mis au travail, charriant les sacs éventrés à travers les escaliers. Puis, la tâche devenant trop pénible, on s'était rabattu sur une grande chaussette de bâche plastique, accrochée au balcon et se déversant directement dans une benne, garée en face de l'immeuble. Les ouvriers travaillaient d'arrache-pied, suant sous leur masque à gaz. L'office des HLM, magnanime, leur versa une prime pour que disparaissent au plus vite les traces de la décharge qui avait commencé, de l'intérieur, à ronger la cité.

Les voisins assistaient au nettoyage, béats d'admiration devant les quantités titanesques d'immondices qu'ils voyaient défiler sous leurs yeux. Au début, Gabelou avait fait poser des scellés sur la porte, et des gardiens du commissariat se relayaient pour préserver l'antre à déchets. Puis c'était devenu superflu, une fois le travail d'enquête terminé. Alors, la nuit, des clochards étaient venus touiller la fange, à la recherche d'un impossible butin. L'Emmerdeur n'était pas resté sur la touche. Armé d'un appareil-photo, il avait mitraillé l'appartement-poubelle, zoomant à qui mieux mieux dans le Canyon, fixant sur sa pellicule les entassements de bouteilles Contrex remplies à ras bord d'excréments, les collines de sacs rouges et bleus, à présent violacés sous l'effet des macérations.

Il y eut un épisode cocasse : l'arrivée du représentant d'une firme fabriquant des sacs-poubelles. Il cherchait dans la masse des détritus des emballages produits par son usine, afin de vérifier s'ils avaient mieux résisté à l'entassement et à la putréfaction que ceux mis en vente par les concurrents… et c'était vrai ! Il fut question d'un spot publicitaire utilisant le « fait divers d'Altay-II » comme support d'une démonstration « in vivo », mais l'on recula devant l'énormité du propos, craignant que l'exemple ainsi donné n'incite les gens, non pas à stocker, mais du moins à se débarrasser moins régulièrement de leurs déchets domestiques…

L'appartement voisin de celui du Coupable était toujours vide ; son locataire se plaisait beaucoup à l'HP, et ne tenait pas à affronter de nouveau une classe de gamins déchaînés ou hagards à force de sniffs de mauvaise colle. L'Office HLM avait d'ailleurs fait une croix sur le dernier étage, renonçant à le louer pour au moins quelques mois, avant que l'oubli ou un autre fait divers ne vînt effacer ce pénible souvenir de la mémoire de la cité.

Gabelou ouvrit d'une simple poussée la porte de l'appartement. Il pénétra dans le vestibule. Léon, méfiant, était resté sur le palier et se penchait pour suivre le commissaire des yeux.

– Allez, viens, dit Gabelou, personne ne va te sauter dessus !

Alors Léon, d'un pas hésitant, se décida lui aussi à franchir le seuil. Du vestibule, il partit dans la cuisine, tournant sur lui-même, hébété.

Une forte odeur de désinfectant flottait dans l'air. Des seaux traînaient dans les coins, remplis de boîtes de détergents et de brosses. Dans la cuisine, le sol avait été soigneusement nettoyé, et de larges dépôts de poudre à récurer obstruaient les rainures du carrelage.

Les murs du salon et de la chambre étaient à nu, le papier arraché. Sur le plâtre, des taches noirâtres s'étalaient. Les sacs déchirés avaient déversé leur pourriture, corrosive et pénétrante. Gabelou trouva une chaise sur laquelle étaient rangés des vêtements blancs d'ouvrier plâtrier. Ses outils reposaient sur le rebord d'une fenêtre. On sentait la lessive, le plâtre frais, l'enduit, le Crésyl, mais, derrière tout cela, Gabelou eut l'impression que d'autres effluves venaient lui titiller l'odorat... Il se dit que c'était sans doute une illusion.

– Quel carnage vous avez fait, hein, Léon ? murmura-t-il en débarrassant la chaise des vêtements qu'elle supportait.

Il s'y assit. Léon était dans le vestibule, appuyé contre la porte des W.-C. Il fixait sur le lino la marque, tracée à la craie, du cadavre du Visiteur. Les ouvriers avaient balayé, et le transport des sacs avait lui aussi contribué à effacer le dessin, mais il restait encore net. Jambes et bras écartés, allongé dans le vestibule, la tête vers les W.-C., la main droite tendue vers la porte, les doigts crispés, dans un geste désespéré. Léon ne pouvait détacher son regard de cette silhouette vide, recroquevillée sur le sol. Il avait peur que tout à coup elle se mette à gigoter de nouveau, pour l'agripper…

♦

Ah la saleté, ah la vermine ! C'est que j'en rêve la nuit, moi, de ce salaud-là ! Je ne crois pas aux fantômes, mais de le voir comme ça, par terre, ça me flanquerait presque la trouille. Oh, il peut faire le malin, Gabelou, à fumer son cigare au beau milieu du salon en me narguant… Tiens si le Coupable était là, il ferait disparaître le Gabelou sous une montagne de sacs, on le verrait plus ! À l'endroit où il est assis, il suffirait de revenir deux semaines en arrière, il étoufferait sous la saleté…

Aujourd'hui tout est net. Le Coupable serait content, lui, il aime, quand tout est net, et propre. Ils ont tout vidé, de fond en comble, et les inspecteurs ont piqué plein de trains. Gabelou a un gros carton avec des rails et des maisons dans son bureau, mais c'est maigre, ce qui reste après la razzia. Respectent pas le bien d'autrui, ces gens-là.

♦

Gabelou s'était levé, il remit les affaires du plâtrier sur la chaise, et, son cigare en bouche, il revint vers le vestibule.

– Quel carnage, hein Léon, répéta-t-il, non mais, quel carnage !

Léon quitta l'appartement le premier, et descendit rapidement les escaliers. Il attendit Gabelou au-dehors, près de la voiture.

◆

M'énerve, celui-là. Qu'est-ce qu'il essaye de faire ? De créer un choc psychologique en me ramenant sur les lieux du crime ? Pour me troubler ? Ils font des coups de ce genre-là, des fois, les flics. J'avais vu ça dans un film à la télé, avec le Coupable. Mais moi, ils m'auront pas. Même en me montrant la trace de craie du Visiteur par terre, comme s'il allait remuer ! D'abord c'est bien fait pour lui, à çui-là. S'il était pas venu chez nous, nous casser les pieds, rien ne lui serait arrivé. Les a bien cherchés, les coups de hache !

Ah, il a pas été déçu du voyage, le Visiteur ! Et s'il était resté chez lui au lieu de venir chez nous, le Coupable et moi, on serait pas là où on en est, lui à l'hôpital, et moi avec Gabelou.

On lui avait rien demandé, d'abord. On l'a pas appelé. C'est lui qui a cherché la bagarre. Nous, on s'est défendus. Et le Coupable, quand il a reconnu sa voix à travers la porte, il lui a dit de foutre le camp, de dégager de là, sinon ça allait mal finir. Mais le Visiteur a insisté.

Le Coupable était très fatigué. C'était les vacances, mais il ne bougeait presque pas de chez nous, sauf pour aller chez le boucher. Il ne mettait plus ses deux costumes, comme pour travailler. Il avait un survêtement bleu qui lui plaisait beaucoup parce qu'il ne l'avait pas payé très cher, grâce à la Camif. Un matin, lui et moi, on est partis à la gare d'Altay, avec une valise où le Coupable avait rangé ses deux beaux costumes, pour ne pas les salir avec les sacs, chez nous. Il a mis la valise à la consigne, comme ça, ils restaient bien propres et bien nets, les costumes.

Oui, il était vraiment fatigué. Il bricolait ses trains d'un air morne, et ce qui l'attristait, c'est que tout partait en eau de boudin, à cause des sacs qui fuyaient de partout, sur les rails, sur les fils électriques, sur les wagons. Il avait beau faire des soudures et des réparations dans le Canyon, le lendemain tout était à recommencer. Alors il s'énervait contre les sacs, il donnait des grands coups de pied dedans, mais ça les crevait, et c'était encore pire. On dormait presque tout le temps. En fin d'après-midi, on partait faire un tour à l'Altay-Club, ou à Carrefour pour acheter mon pinard. Mais le cœur n'y était plus, parce qu'on savait que pour les sacs, il y aurait une fin.

Et un soir, le Visiteur a frappé. Nous, comme d'habitude, on n'a pas bougé d'un poil. Mais le Visiteur a crié, derrière la porte : « Vous êtes là, je vous ai vu à l'Altay-Club, je vous ai appelé, vous n'avez pas répondu… Ouvrez ! – Fous-moi le camp, ordure ! » a crié le Coupable. « Hé, mais ça pue, ici ! » a dit le Visiteur. « Pas tant que toi, saloperie ! » a répondu mon copain, du tac au tac ! À pas de loup il s'est approché de la porte, il l'a ouverte en grand en prenant le Visiteur par le col de sa veste, pour l'attirer dans le vestibule. J'ai poussé la porte, qui a claqué.

« Ah, tu veux me voir, hurlait le Coupable, eh bien regarde ce que je suis devenu ! »

Alors là, je ne peux pas raconter la tête du Visiteur… Il roulait des yeux en répétant que c'était pas croyable. Il a toussé à s'en étouffer ; et il a pris un mouchoir pour se le mettre sur le nez. Il s'est penché pour voir le tunnel du Canyon.

« Attends, salaud, tu vas voir comme c'est beau », s'est écrié mon copain. Et il a fait partir le TGV à toute allure, c'est vrai que ça avait de la gueule. Le Visiteur a pas aimé : il faisait toujours ses yeux de fou en répétant : « C'est pas vrai, c'est pas vrai ! – Il te plaît pas, mon train ? » a dit le Coupable. Le Visiteur n'a pas répondu parce qu'il vomissait. Il n'en pouvait plus. Il se tenait la gorge, suffoquait.

« Ah, ce n'est pas convenable du tout, d'être sale chez les gens », a grondé le Coupable. Il s'est approché du Visiteur, par-derrière. Et il lui a botté le cul de toutes ses forces, avant de lui prendre les cheveux et de le forcer à s'accroupir, pour lui frotter le nez dans son vomi. « Ce n'est pas convenable du tout, oh non ! ça ne se fait pas, mais où donc avez-vous été élevé, monsieur l'Inspecteur ? On ne vous a pas appris les bonnes manières ? Même mon ami Léon se tient mieux que vous... »

Alors le Visiteur s'est dégagé en donnant des coups de poing partout, sur mon copain, et dans les sacs, ça faisait un bruit mou. Il n'était pas beau à voir, essoufflé, et très sale. Le Coupable avait mal après les coups de poing, mais il grondait toujours le Visiteur, comme on fait pour les enfants, avec les gros yeux : « Ce n'est pas convenable, pas convenable du tout ! »

« Laissez-moi sortir ! » a hurlé le Visiteur. Il essayait de se diriger vers la porte, mais on lui barrait la route, moi et mon copain. « Poussez-vous ! Je veux partir ! » J'ai senti que ça allait chauffer, et je me suis réfugié dans le Canyon. À mon âge, on ne peut plus se battre.

« Pousse-toi, je te dis de te pousser... » grognait le Visiteur. Alors le Coupable lui est tombé dessus, en cognant, et l'autre s'est affalé au beau milieu des sacs qui craquaient de partout en éclaboussant. Jusque-là, tout était correct, mais ça a mal tourné quand le Visiteur a vu la hachette que le Coupable utilisait pour tailler le bois servant à étayer le tunnel du Canyon. Il a bondi pour attraper la hache, mais il a glissé sur une flaque de pourriture, pour arriver à plat ventre devant le Canyon. Il tenait quand même la hachette.

« Et en plus, vous abîmez mon circuit ! » a dit mon copain, pas content du tout en voyant un wagon écrasé et des rails tordus…

Le Coupable lui a sauté dessus, ils se sont battus. Mon copain tenait le poignet de l'autre, qui serrait la hache de toutes ses forces. Ils roulaient par terre, vers le salon, en défonçant de plus en plus de sacs. Les collines rouges et bleues, que le Coupable avait eu tant de mal à arranger, s'effondraient les unes après les autres. Un vrai cirque.

D'abord, le Visiteur a eu le dessus. C'était un gars costaud. Il a repoussé mon copain en lui enfonçant la tête dans un sac, et, l'arme à la main, il s'est traîné vers la porte.

Le Coupable reprenait son souffle, et juste avant que l'ennemi n'ouvre la porte, il lui a balancé un grand coup de pied dans le dos et il a tourné la clé dans la serrure.

« Vous êtes fous… laissez-moi ! », le Visiteur pleurait. Mon copain a pris la clé, et il l'a lancée tout au bout du salon dans les sacs. La hache à la main, le Visiteur a crié : « Pousse-toi, je vais démolir la porte ! »

« Ah ? on vient chez les autres faire le sale et après on veut tout casser, ce n'est guère convenable, ça ne se fait pas ! » a murmuré le Coupable. Il a ramassé un sac et l'a lancé au visage du Visiteur. C'était un bleu, assez vieux, qui a crevé. Le Visiteur était couvert de saletés, aveuglé.

Ensuite, je ne sais plus très bien ce qui s'est passé, parce que j'étais caché au fond du Canyon, je les entendais grogner. Toujours est-il qu'au bout d'un moment, j'ai vu le Visiteur qui rampait vers la porte, avec du sang partout sur la tête, ses cheveux qui dégoulinaient de rouge, mêlés au jus d'ordure, qui, lui, est plutôt noir. Il avait aussi une blessure au bras. Il essayait de se redresser pour atteindre la poignée, ce qui prouve bien qu'il n'était pas malin, puisque la serrure était bouclée ! Je tremblais comme un fou au fond du tunnel.

Il a levé le bras, et a eu une sorte de crise. Il s'agitait par terre, des petits soubresauts désordonnés, et crac, plus rien, il était mort. Alors je suis sorti de mon trou et j'ai vu mon copain allongé dans le salon, sur les sacs, avec une grosse plaie dans le ventre.

« On l'a eu, Léon, on l'a eu, ce salaud ! » m'a-t-il dit. J'étais très inquiet. J'ai pleuré. « Pleure pas, Léon, pleure pas, plus personne viendra nous emmerder, maintenant... », chuchotait-il. Je suis resté à côté de lui, les larmes aux yeux, et de temps en temps, je jetais un coup d'œil vers l'endroit où il avait lancé la clé. Elle était tombée dans la pourriture, jamais on ne pourrait la retrouver... Et il s'est évanoui. Ils étaient là, tous les deux, pleins de sang, couverts de saloperie, et il y avait un bruit qui m'énervait, c'était le TGV. Il roulait toujours, celui-là... Quand ils s'étaient battus, ils avaient cassé des wagons et la gare de triage, mais à ce moment-là le TGV était dans ma chambre, et avant de revenir au vestibule, il a tourné longtemps. Alors il roulait toujours, revenant dans le Canyon, pour faire un virage et passer à deux doigts de la jambe du Visiteur qui était allongée contre les rails... J'ai vite oublié le bruit parce que je ne savais pas comment faire pour arrêter le courant. J'ai secoué le Coupable. Sa blessure avait une sale allure, avec le jus des sacs qui coulait dessus, c'était pas bon, tout ça. Alors j'ai eu un moment de désespoir. Je voyais pas de solution. Et ça me fait souvent ça quand je suis inquiet : je m'endors. Au réveil, j'avais une de ces faims... Le Coupable râlait, et je ne voulais pas appeler au secours, des fois qu'on découvre le Visiteur, les sacs, et la surprise au fond de la cuisine, dans le congélateur ! La tête me tournait, ce n'est plus de mon âge, toutes ces complications. Les sacs troués dégageaient une drôle de vapeur, ce qui n'arrangeait rien. Je suis resté deux jours comme ça, avec eux deux, dans les sacs. Le Coupable tenait le coup, mais il allait y rester, à ce régime-là. Et le TGV qui roulait toujours ! J'avais faim, de plus en plus faim. Me remplir l'estomac : ça devenait une obsession ! La tête me tournait, ma panse se crispait, tordue par les crampes. Je fermais les yeux, ou bien je fixais mon regard sur les sacs, sur les trains. De temps en temps, le Coupable remuait un peu. Le Visiteur, lui, devenait de plus en plus raide, il paraît que c'est normal.

J'allais de l'un à l'autre, et je m'enfonçais dans le Canyon pour ne plus les voir. Le Visiteur a commencé à sentir au bout du premier jour. Vous me direz, comment je faisais pour renifler quelque chose de plus, avec le festival de puanteurs qui infestaient l'atmosphère, chez nous ? Eh bien si, cette odeur-là, on la sent toujours, au milieu de tas d'autres, plus fortes, pourtant.

Et cette foutue porte qui était fermée... Ah, c'était pas beau à voir ! À la fin, c'était trop, la faim me donnait le vertige. Alors, que voulez-vous, je sais que c'est pas des choses à faire, bon, j'ai commencé à manger le Visiteur.

La fesse droite, en premier, du bout des dents. De la vraie carne, mais à la troisième bouchée, je m'y suis habitué. Il n'y avait pas le choix... À la guerre comme à la guerre. Après, j'ai attaqué les mollets : encore plus dur !

Mais ce repas m'a requinqué, je ne voyais plus tout en noir.

Le Coupable respirait encore, et tant qu'il y a de la vie, il y a de l'espoir. C'est ce qu'on dit dans les cas désespérés. J'ai dormi.

Au réveil, j'ai encore mordu dans la fesse du Visiteur. Et je me suis décidé à appeler à l'aide. Tant pis pour le congélateur… !

De toutes mes forces, j'ai hurlé, hurlé. À la mort…

Le premier témoignage était celui du gardien du bloc, Latros Emilio. Il avait enfoncé la porte à coups de masse, entendant les hurlements désespérés de Léon. Emilio, valeureux mais asthmatique, ne put résister à la pestilence épouvantable qui lui sauta au visage quand il se fut rué dans l'appartement. Il s'écroula sans plus attendre. Par chance, son cousin Eusébio, venu passer quelques jours à Altay, l'avait accompagné jusqu'au dernier étage, après la demande formulée par une locataire du second. Eusébio, à la vue du cadavre du Visiteur affalé dans un écrin d'immondices, battit en retraite en appelant à l'aide.

L'Emmerdeur passait dans la rue, avec sa petite serviette de cuir bourrée de dossiers. Il enquêtait sur un cas litigieux, un cambriolage maquillé, tout au bout de la rue.

Il vit le teint verdâtre d'Eusébio, qui reprenait son souffle en désignant les fenêtres du Coupable, obturées par les volets coulissants. Il escalada les marches quatre à quatre, jusqu'au palier, où, telle une bouffée échappée d'un charnier mal entretenu, la pourriture lui prit la gorge. Il se contrôla malgré tout, fouilla dans ses poches à la recherche d'un mouchoir, et, ainsi masqué, pénétra dans le vestibule.

Il crut que le Coupable était mort, tout comme le Visiteur.

Par la suite, il ne put s'expliquer pourquoi il avait dérobé une cassette, d'un geste impulsif. La hiérarchie de la Compagnie lui fit verser une bonification exceptionnelle pour cette rapine intuitive.

Dix minutes plus tard, le brigadier Dufour arrivait sur les lieux, à la tête d'une escouade de gardiens de la paix. Ils procédèrent à l'évacuation de l'immeuble. Entre-temps, Léon avait filé... Puis l'on entendit le martèlement caractéristique des bottes des pompiers, suant sous leur lourde vareuse de cuir. La grande échelle était superflue, de même que les tuyaux. On emporta le Coupable à l'hôpital d'Altay. Pendant la bagarre avec le Visiteur, le tranchant de la hache lui avait perforé l'abdomen, s'enfonçant dans les intestins, dont le contenu se répandit sur la civière au cours du transport. Les sacs éventrés sur lesquels il s'était vautré avaient laissé filtrer leur suc empoisonné et la plaie était infectée au-delà de tout ce qu'on pourra jamais lire dans les revues médicales. Une septicémie vigoureuse lui rongeait la chair, mais le Coupable résistait à l'infection. Bouillonnant de pus comme les escargots plongés dans l'eau salée dégorgent de bave, il avait repoussé la mort, miraculeusement. Du bloc opératoire d'Altay, on le transféra à l'Hôtel-Dieu, salle Cusco, dès que son état le permit. Par l'énorme plaie qui lui fendait le ventre s'échappait toute une kyrielle de drains multicolores reliés à des bonbonnes de verre. Du fond de sa torpeur, il recrachait d'abondantes sécrétions, aspirées par le vide que l'infirmière créait toutes les heures, en branchant les bonbonnes à une pompe murale.

Et Gabelou attendait depuis quelques jours son retour à la conscience. Il s'était dépêtré tant bien que mal des auditions de témoins, avait classé les pièces à conviction, les rapports d'autopsie, alors que l'interrogatoire bien mené du Coupable aurait résolu tous les problèmes. Dans l'intervalle, Gabelou se consolait en cajolant Léon. Il l'avait soustrait à la vindicte populaire, qui tolérait les meurtres et l'entassement des ordures, mais ne pouvait se résoudre à voir déambuler dans les rues d'Altay celui qui s'était rendu responsable de l'horrible péché : manger de la chair humaine… Léon essuyait les injures avec placidité, fuyant dès que le ton des invectives grimpait d'un cran. Il reçut des coups de bâton, des crachats, et les gosses de la rue, fiers d'arborer cette veulerie que revêt parfois l'enfance pour mieux singer le monde des adultes, lui jetaient des pierres dès qu'il se montrait aux abords de la cité. Le pauvre vieux traînait dans le terrain vague, autour du CES ou dans les parages de l'usine Citroën. Las de ce spectacle pitoyable, auquel il assistait au cours de ses démarches, Gabelou décida de le prendre sous sa protection et de le garder au Quai. Après tout, c'était le témoin N° 1 !

Léon semblait déprimé. Il ne réagissait pas à cette marque d'affection. Puis, par hasard, au cours du pot donné à l'occasion du départ en retraite de Redotat, le collègue de Gabelou, Léon démontra son attirance pour le vin rouge : on le servit dans un bol. Dès lors tout alla pour le mieux. Le pour-le-mieux de la vie de Léon n'était guère brillant, certes. C'était un pour-le-mieux de misère et de malchance, de crainte des coups et de joies pauvres. Il observait les allées et venues des adjoints du commissaire, l'air blasé. Parfois, ses yeux se mettaient à pétiller d'intérêt lorsqu'il était question du Coupable…

C'était à se demander comment ils avaient pu s'entendre, tous les deux, durant ces neuf longs mois qu'avait duré la folie. Le Coupable était un personnage trouble, double. Côté pile, cette bonhomie respectable relatée par tous les témoins, nourrie par un train-train de vie somnolent, ce respect des interdits, cette docilité totale face aux reniements, aux déchirements qu'impliquait son délire, étayée par une aptitude hors du commun à courber l'échine, à digérer les minuscules défaites d'une existence minée d'humiliations…

Côté face, un laisser-aller sans bornes, un jeu incessant de faux-fuyants, pire : une fuite, un écoulement, une liquéfaction, un gargouillement de mille lâchetés, s'exprimant dans une fascination irrépressible pour le sale, le douteux, le gluant, le puant… Chez Léon, rien de tout cela : un horizon bien délimité, jalonné de steaks et de bols de vin mais aussi de tendresse, d'œillades amoureuses, de soupirs, en somme un bonheur terre à terre, naïf et ignorant, qui n'acceptait la bassesse et les calculs sordides que harcelé par la nécessité.

Tout cela était bien décelable dans son regard un peu perdu. Il voyait défiler, au travers des vitres embuées de la voiture de Gabelou, la succession des virages de l'autoroute, qui s'insinuait entre des falaises de béton, avant de plonger dans des tunnels à l'atmosphère empoisonnée par les gaz d'échappement…

◆

Ben mon vieux, peuvent bien se plaindre des odeurs qui partaient de chez nous ! Sont pas gênés, avec leur saloperie de gas-oil. C'est que ça me fait tousser. Quand j'étais jeune, mes poumons se sont habitués à l'air pur, et voilà qu'aujourd'hui, je m'esquinte à humer le super ; enfin, je suis trop vieux pour râler. Bientôt je quitterai cette terre de souffrance. Je suis plus très adapté à toutes ces singeries. Le Gabelou, je sais plus trop où il veut en venir, à me trimbaler comme ça, à droite et à gauche. Je m'en serais bien passé de la petite visite chez nous… Même si le Coupable s'en sort un jour, et que je peux venir le chercher à la prison, je crois bien qu'on aurait bon nez de ne pas remettre les pieds à Altay, parce qu'on traîne une sacrée casserole, tous les deux... Là, avec Gabelou, je risquais rien, j'étais protégé de tous ces teigneux... Et puis il était très tôt, heureusement, tout le monde roupille encore, le matin, on marche au radar, d'étage en étage on entend les lits grincer, c'est le mâle qui besogne un petit coup sa femelle avant de partir au turbin. Une demi-heure plus tard, il y a de la cavalcade dans les escaliers parce qu'on est en retard, et le car klaxonne déjà au coin de la rue. Avant, j'aimais bien écouter les bruits du matin. Je restais là, les yeux fermés, les oreilles dressées, grandes ouvertes, et allez donc, la marmaille qui encaisse les baffes, la cafetière qui tombe par terre, le type du deuxième qu'arrive pas à faire démarrer sa voiture...

Bah, c'est du passé, tout ça, j'y goûterai plus jamais. Je retournerai plus à Altay. Fini, classé. Des pierres, ils me lançaient, ces connards de mômes, du gros caillou qui sert à faire les remblais de l'autoroute, bien pointu, acéré, j'avais des plaies sur tout le dos. Et c'est pas les glaviots que je récoltais en prime de la part des parents qui auraient pu m'aider à cicatriser mes blessures, ah vous parlez d'un onguent, leurs crachats malsains, mousseux, pleins de brins de tabac, parfumés au pastis, tout ça parce que je m'étais pour ainsi dire taillé une bavette dans l'arrière-train du Visiteur. Pas de quoi fouetter un chat, comme ils disent...

Je leur demandais rien, moi, je m'étais sauvé de chez nous par le toit, en vitesse, dès que l'Emmerdeur avait disparu. Du coin de la rue, caché sous un camion garé en face de la Maison pour Tous, j'ai vu les flics arriver, les pompiers, l'attroupement, le cirque. Et Gabelou, qui est venu dans la soirée, l'air brave et pas excité comme les autres. Ils ont sorti le Coupable sur une civière, et j'ai eu envie d'approcher, mais prudence, j'ai pas bougé de dessous mon camion.

Il faisait pas bien chaud dehors, et je claquais des dents. Sitôt les flics partis, voilà que les déménageurs d'ordures sont venus. Ils portaient des sacs, et des sacs, et encore des sacs. Je redoutais le moment où ils ouvriraient la cuisine, et là, attention à la catastrophe. Mais c'est pas le premier soir que ça s'est passé. La nuit est tombée, je suis allé faire un tour du côté de l'Altay-Club, sans trop oser me montrer. Dans un caniveau j'ai trouvé un reste de poulet, et un bout de sandwich enveloppé dans du papier, ça m'a fait mon repas... Ensuite, je me suis couché dans le cagibi à poubelles de la Maison pour Tous. C'est une combine que j'avais d'il y a bien longtemps : le concierge ne ferme jamais la porte, et tout au fond du réduit, la colonne d'air qui chauffe les étages dégage une douce brise tiède. Tassé là-dedans, j'ai dormi jusqu'au petit matin.

J'attendais l'arrivée des ouvriers qui déblayaient. Ils sont venus avec leurs masques, et là, le deuxième jour, ils avaient compris la combine... au lieu de descendre sac par sac en se pinçant le nez, ils ont tout foutu par la fenêtre, dans une benne. C'était plus rapide. Il y avait plein de mémés qui regardaient ça, en secouant la tête... Je guettais le moment où ils décloueraient les planches de la cuisine, ça allait gueuler encore plus fort que pour le Visiteur ! Et c'est là que j'ai été imprudent, de ne pas rester sous un camion, comme la veille. Bêtement, je me suis avancé et des gosses m'ont vu. Ils ont fait la ronde autour de moi en chantant « Léon-dégueulasseu-Léon-dégueulasseu » sur l'air des lampions, et au bout de cinq minutes j'ai pris la première boule de neige, et toute une cascade d'autres, et l'ambiance montait, montait, « pourri », « fumier », « galeux », « y a qu'à le crever » qu'ils gueulaient, les mômes... J'en menais pas large, parce que l'année précédente, ils avaient coincé un autre vieux comme moi, un que je connaissais un peu, Gustave ; à plusieurs, ils l'avaient entraîné dans une cave, et là, crac, que je t'enfonce un bâton dans le cul. Avant de l'enfoncer, le bâton, ils l'avaient trempé dans de la sauce à couscous, toute rouge, de l'harissa ça s'appelle, et le pauvre Gustave, ensuite, il faisait peine à voir, dans la cité, à marcher de travers comme un crabe.

Je serrais déjà les fesses en pensant à la sauce rouge, mais ils étaient plus méchants encore. Les mémés qui regardaient les ouvriers décharger les ordures m'ont vu, elles aussi. Elles ont fait le signe de croix en criant : « Jésus ! Jésus ! » et la plus vieille s'est mise à glapir : « Il est maudit, il est maudit ! il a mangé de l'homme. » Les gosses il en fallait pas plus pour les encourager, et c'est là que j'ai reçu les pierres. J'ai couru aussi vite que j'ai pu vers l'usine Citroën et ils me cavalaient après en me jetant leurs cailloux. Je connaissais un coin près de l'entrée où le grillage est déchiré, hop, j'ai disparu dans le trou, ils me voyaient bien encore courir sur la pelouse, mais la distance devenait trop grande pour les pierres…

Mais ça me démangeait trop de voir les ouvriers avec le congélateur. Quand la marmaille s'est calmée et a disparu, je suis retourné dans la cité. Prudence-prudence, je courais de voiture en voiture, je m'abritais contre les pots d'échappement, bien caché derrière les roues, pour pas qu'on me trouve.

Et je les ai vus. Ils étaient deux, des tout noirs, vachement costauds, qui portaient le congélateur, dans leurs bras. Ils l'ont mis sur une camionnette, et ils ont discuté parce qu'ils n'avaient pas d'ordre. La table de camping, et le congélateur, c'est tout ce qui subsistait des meubles du Coupable, tout le reste, il l'avait bazardé… À la fin, ils ont dit qu'ils portaient tout chez Emmaüs, près de là. J'ai foncé chez Emmaüs, moi aussi, pour les attendre. Et M. Emmaüs leur a dit merci, très bien, il a ouvert le congélateur, satisfait, et voilà. Moi, j'étais soufflé. Soit Gabelou avait déjà trouvé la mégère et on l'avait emmenée sans que je m'en rende compte, soit le Coupable l'avait planquée ailleurs, mais ça m'étonnait, il me l'aurait dit ! Une fois que M. Emmaüs a tourné le dos, j'y suis même monté, dedans le congélateur. Vide, nickel. J'ai reniflé partout. Rien de rien.

J'étais un peu paumé, sans nouvelles du Coupable ! Qui aurait eu la délicatesse de me prévenir au cas où il mourrait, je vous le demande ? Monde de sauvages.

Je traînais dans la cité. Où aller ? Je fouillais tous les soirs dans les poubelles de l'Altay-Club. J'ai croisé Gabelou à plusieurs reprises. Une fois, il m'a coincé contre une porte, menaçant, en demandant : « C'est lui, Léon ? » à la locataire du premier qui a dit oui. « C'est lui qui allait chez le boucher ? – Oui, a dit la vieille, avec son panier et le porte-monnaie dedans, il était très rigolo... »

À mon âge, « rigolo », non mais, je vous jure... Gabelou discutait le coup avec moi à chaque fois qu'on se rencontrait. Quand il était là, je sortais de sous les voitures, et puis au bout de quelques jours, il a vu comment les gosses me traitaient, et on m'a coffré pour m'embarquer au Quai des Orfèvres. Témoin n°1, complice du meurtrier, et tout.

Mon vieux cœur en avait déjà pris un sacré coup quand le père Emmaüs a ouvert le congélateur, mais c'était rien à côté de la fois où Irène, la poison, la mégère, la garce, est entrée dans le bureau du commissaire !

♦

Gabelou roulait lentement. La circulation se faisait plus dense, sur l'autoroute, aux entrées de Paris. Autour de lui, les conducteurs étaient hargneux, ils accéléraient avec brusquerie, déboîtant de leur file au petit bonheur la chance, l'air buté, sans doute excités par le flash d'informations de 7 h 30, annonçant de nouvelles hausses du prix du carburant. Gabelou se tourna vers Léon, que les klaxons, les accélérations soudaines, les coups de frein inopinés ne semblaient même plus troubler.

– On va voir ton copain, Léon..., dit Gabelou. T'es content ?

◆

Mais Léon n'écoutait le commissaire que d'une oreille distraite. Il était perdu dans la brume épaisse de ses souvenirs. Il ne savait plus où il en était. Le Coupable était-il seulement encore en vie ? Il en doutait. Depuis quelque temps, on ne lui racontait que des histoires.

La mégère était morte, et voilà qu'elle venait de refaire surface, deux jours plus tôt, plus pimpante que jamais, dans ses vêtements de deuil, bas noirs à couture, tailleur moulant, voilette coquine et sanglots de circonstance... Gabelou voulut l'interroger dès la découverte du corps du Visiteur, mais c'était impossible : on la disait prostrée, accablée de douleur... Gabelou attendit donc, avant de pouvoir la convoquer.

Puisque les cadavres ressuscitaient, pourquoi la Vieille, le Commis et le Gamin ne viendraient-ils pas, eux aussi, en visite au Quai des Orfèvres ? Non, Léon ne comprenait plus. Il l'avait crue rectifiée, la poison, douillettement blottie dans le congélateur, nichée dans son écrin glacé, rendue inoffensive à jamais... Mais elle était réapparue, chez Gabelou, hautaine comme toujours, et elle le vit, lui, tassé dans son fauteuil, recouvert d'un plaid à carreaux. L'idée d'une parole gentille l'aurait-elle effleurée ?

– Tiens, il est là, celui-là ?

C'est tout ce qu'elle avait trouvé à dire, en toisant le pauvre vieux du haut de son mépris, présentement juché sur les quelques centimètres du piédestal de ses hauts talons.

– Oui..., avait répliqué Gabelou, je l'ai recueilli, que voulez-vous, on se laisse attendrir...

Irène avait pincé les lèvres dans une moue de dégoût, puis s'était assise face au commissaire. Machinalement, elle prit une locomotive sur la table qui supportait le fouillis rescapé de chez le Coupable. Elle la tint dans ses doigts fins, aux ongles ourlés d'un vernis pourpre, tout droit issu du coffret « Jouez à la femme fatale ».

– Bien, dit Gabelou, je voudrais avoir votre sentiment. Votre mari était-il, selon vous, capable de tuer tous ces gens ?

– Bien sûr, riposta-t-elle, c'était un vrai maniaque, sous ses dehors d'instituteur sage. D'ailleurs, il l'a prouvé en assassinant mon...

– Depuis combien de temps étiez-vous partie vivre avec lui ? l'interrompit Gabelou.

– Eh bien, depuis le début du mois d'avril ! Neuf mois.

Gabelou hocha la tête, tandis que Léon s'étirait sous sa couverture. Il se tourna contre le mur, certainement incommodé par le spectacle qu'offrait Irène.

– Vous l'avez revu, depuis ?

– Non... je ne travaillais plus au collège. Mais d'ex-collègues m'ont dit qu'il semblait aller bien.

– Vous ne vous doutiez pas de ce qui se passait au... domicile conjugal ?

– Absolument pas, il était toujours aussi tiré à quatre épingles, ses pantalons repassés, ses chemises immaculées. Il ne parlait que de ses trains, et du salon de Stuttgart, auquel il devait se rendre, à Pâques.

– Votre liaison avec l'Inspecteur, ça datait de combien de temps ?

Irène rougit violemment, sous sa voilette. Le rose de ses joues ressortait agréablement, hachuré par le tulle. Du bout des doigts, elle porta un Kleenex à ses narines frémissantes.

– Un an et demi…

– Et, hhmm, grommela Gabelou, les autres, le surveillant de la cantine, le… le monsieur de l'Inspection académique, enfin, tout ce dont votre mari vous accuse, sur les bandes, c'était vrai ?

– Non ! s'écria-t-elle. Il se faisait des idées…

– Est-il exact que vous le poussiez à passer le concours d'inspecteur ?

– Mais non… c'est lui qui ne rêvait que de ça ! Je l'aidais à réviser, mais il n'y arrivait pas !

– Moui… et il se doutait que vous le trompiez avec l'Inspecteur, justement.

– Oui, il nous a surpris. Il était très peiné…

Gabelou garda le silence. Il tapotait de l'index sur le plateau de son bureau. Alors Irène éclata en sanglots, tout à fait authentiques, cette fois.

– Mais qu'est-ce que vous me reprochez, à la fin ?! hurla-t-elle. C'était un médiocre, un jaloux, un petit ! Je n'allais pas gâcher ma vie à regarder ce minable roucouler devant son train électrique !

– Calmez-vous, madame…, dit Gabelou. Personne ne vous reproche rien. Pourquoi votre… amant est-il allé rendre visite à votre mari ?

– C'est moi qui ai voulu. J'avais des affaires à récupérer. Et je n'osais y aller moi-même. Je lui ai demandé de faire un tour chez lui… Et voilà, il l'a tué, il l'a tué…

Elle s'était effondrée, le front appuyé contre le rebord du bureau, le corps secoué de spasmes.

À cet instant, Léon se leva et vint rôder autour d'Irène. Gabelou lui fit signe de se tenir tranquille.

– Et, Léon, vous n'en vouliez pas chez vous...? demanda-t-il doucement.

Irène se redressa, se tourna vers le vieux, qui l'épiait d'un œil mauvais.

– Non mais, vous l'avez vu ? sanglota Irène. Ses trains lui suffisaient bien assez, sans qu'il ait besoin de s'amouracher de ça...

Vexé, Léon repartit se vautrer dans son fauteuil. Il reprit sa position initiale, dédaignant Gabelou et la poison, renfrogné, pelotonné dans son plaid.

– Bien, soupira Gabelou, revenons au point de départ. Vous le quittez, il devient à moitié fou, s'imagine vous avoir assassinée afin de se satisfaire d'une explication moins humiliante pour lui que votre départ chez votre amant, et en bout de course, tue son rival dans un accès de désespoir. Jusque-là tout le monde est d'accord. Mais les autres ? Il fabule ou il les a vraiment tués ?

– Ça n'a aucune importance...

– Ça dépend pour qui. Ma question était : le croyez-vous capable d'avoir commis tous ces assassinats ?

– Non parce que c'est un moins que rien, et oui parce que la haine l'a rendu fou.

– Eh bien, on est avancés. Vous êtes allée le voir, à l'hôpital ?

– Non..., murmura Irène. Je ne veux plus le rencontrer, mais j'espère qu'il va vivre ! Pour payer ! Oui, il les a tués, j'en suis persuadée, c'est un sadique, un malade !

Elle s'était brusquement emportée, rejetant la voilette de dessus son visage, et, blême comme la mort, pointait son index accusateur tour à tour vers Léon et Gabelou.

– Ça suffit ! cria celui-ci. C'est fini. Vous pouvez partir.

La colère d'Irène tomba comme elle était venue. Elle

tourna les talons et quitta le bureau d'un pas vif; ses chevilles tremblaient, mal assurées de leur équilibre sur la pointe fine des hauts talons.

Gabelou la vit disparaître au coin du couloir. Il referma la porte et vint donner une tape amicale sur le dos de Léon.

– Ben mon vieux, dit-il, je commence à saisir...

Léon, lui, venait tout juste d'y renoncer.

♦

Gabelou pesta contre les embouteillages. Il était entré dans Paris par la porte de Bagnolet et la file de voitures roulait au pas, aux abords de la place Gambetta. Il était 8 h 15. La neige continuait de tomber, mais moins dense, presque déjà fondue en touchant le sol. La chaussée ruisselait d'une boue noire, qui giclait sur les passants marchant sur le trottoir quand les voitures accéléraient.

– Allez Léon, dit Gabelou, réveille-toi. On approche. Ton copain se sera sans doute réveillé. Cette nuit, il roupillait comme un bienheureux ! Il sera content de te voir...

Il lui fallut encore une demi-heure pour gagner le centre de Paris, et dix minutes supplémentaires pour trouver une place où se garer. Il descendit enfin, Léon sur ses talons, qui s'ébrouait pour chasser sa torpeur et grognait contre la boue dans laquelle il pataugeait.

Gabelou s'arrêta devant la façade de l'Hôtel-Dieu. Il sermonna le vieillard.

– Motus et bouche cousue, hein, Léon ? Tu fais pas de raffut, sinon je serai forcé de te faire attendre ici... T'as compris ? Et si tu vois une infirmière, tu te planques.

Léon acquiesça d'un signe de tête. Gabelou emprunta le couloir menant à la salle Cusco. Quelques journalistes patientaient, espérant photographier au débotté les braqueurs de la BNP hospitalisés depuis la nuit précédente.

Les deux sentinelles armées de mitraillettes venaient d'être relevées. Gabelou montra patte blanche et fit une dernière fois la leçon à Léon avant de pénétrer dans la salle.

Puis il rejoignit la partie cloisonnée de boxes où l'on avait mis le Coupable. Celui-ci dormait toujours, entouré d'une foule d'appareils qui enregistraient le moindre tressaillement de son corps épuisé. Les bonbonnes où aboutissaient les drains étaient posées par terre et n'attendaient que leur ration de pus. Une grosse machine mystérieuse, foisonnant de cadrans électroniques, émettait un bip-bip monotone, et deux aiguilles s'agitaient en cadence, scandant on ne sait quelle pulsation ténue. Une bande de papier remplie de courbes disgracieuses s'écoulait de la machine, en un long serpentin dont les tortillons se répandaient sur le carrelage.

Léon observait tout cela, stupéfait. Il n'avait d'yeux que pour le visage blafard, qui émergeait des draps verts, aux tempes masquées par du sparadrap maintenant les tuyaux dont l'extrémité s'enfonçait dans les narines.

Le Coupable respirait lentement, avec un bruit rauque. Léon se mit à gémir.

– Chut… ou je te fous dehors ! chuchota Gabelou.

Mais Léon n'écoutait pas. Sa plainte était modulée, lancinante. Les protestations de Gabelou n'y firent rien. Il frotta sa joue contre la main droite du Coupable, allongée sur le drap, maigre, aux veines saillantes.

Un infirmier entendit Léon et s'approcha du box, surpris.

– Voyons, commissaire, c'est interdit ! dit-il.

Gabelou haussa les épaules. Il marmonna que c'était sans importance. Puis la machine qui écoutait le rythme de la vie du Coupable s'emballa soudain. Les aiguilles s'affolèrent, s'agitant de façon désordonnée, sans respecter le tempo. L'appareil éructa en émettant un bourdonnement sourd, tandis que l'orifice latéral crachait sa bande de papier avec des hoquets de plus en plus rapprochés. Le dessin des courbes devenait fou, oscillant entre les montagnes russes et la plaine la plus plate. Léon gémissait de plus en plus fort.

Le bourdonnement attira quelques blouses blanches, qui arrivèrent en courant. On bouscula Gabelou, et Léon se fit presque piétiner. Les blouses blanches s'agitaient autour du lit. Le drap était à présent défait ; la longue carcasse du Coupable semblait offerte en pâture à un essaim de frelons pâles.

L'agitation cessa d'un coup. On rabattit le drap sur le visage du Coupable. Un médecin se tourna vers Gabelou et écarta les bras avec fatalisme.

Alors Léon hurla à la mort. Assis sur son arrière-train, la gorge nouée par sa plainte aiguë, les yeux clos, il faisait résonner son sinistre cri jusque dans les couloirs. Gabelou tenta de le calmer, en vain. Les blouses blanches débranchaient la machine, arrachaient les perfusions, libéraient le nez des tubes qui s'y nichaient. Léon hurlait de plus en plus fort. Gabelou essayait de l'entraîner au-dehors, mais le vieillard parvenait toujours à se libérer et reprenait sa position, près du lit, fidèle, comme s'il avait voulu que le Coupable entende son chant de douleur, qui était son dernier cri d'amour.

Un aide-soignant arriva dans la salle, poussant devant lui un gros chariot qui ressemblait comme un frère aux landaus d'enfant. Une lourde capote noire se déployait au-dessus de la couche. Un infirmier aida à la manœuvre, et le corps du Coupable fut hissé dans le landau, flasque, les bras retombant, la tête pendant en arrière. La carriole disparut, Gabelou dut maintenir fermement Léon qui griffait le sol pour la suivre…

– Léon, mon vieux Léon, calme-toi, ça sert à rien de te mettre dans un état pareil…, murmura Gabelou. Allez viens, on ne peut pas rester ici, c'est un hôpital, tu n'as pas le droit, viens, je te dis.

Il dut le porter jusqu'au-dehors. Léon s'abandonna dans les bras du commissaire, sans pour autant tarir son ululement. Tout le monde se retournait sur l'étrange couple. Au-dehors, la neige avait cessé, le ciel était gris sale. Gabelou déposa Léon sur le trottoir. Il se tut enfin.

– Ça y est ? C'est fini ? Tu sais, ça vaut mieux comme ça, sinon, on l'aurait collé en taule, et de toute façon, tu ne l'aurais jamais revu, hein ?

Léon, mal assis sur son séant, regardait Gabelou en sanglotant. Un petit attroupement s'était formé autour d'eux. Léon affalé par terre, Gabelou accroupi face à lui.

– Ne restez pas là, dit Gabelou aux badauds, circulez, circulez, allez, ouste !

Mais les gens ne partaient pas. Léon les dévisageait, sans comprendre leur intérêt soudain pour lui, si incongru, si inattendu après une vie de coups de pied au cul.

Et brusquement il se redressa pour filer entre leurs jambes.

– Léon ! fais pas le con ! s'écria Gabelou, comme s'il avait déjà compris.

Léon galopait vers la chaussée, ventre à terre, exigeant un ultime effort de ses muscles exténués.

– Léon ! cria de nouveau Gabelou. Viens ici !

Il ferma les yeux ; jamais il n'aurait cru cela possible. Il ramassa le petit corps meurtri dans le caniveau. Le conducteur du camion ne s'était rendu compte de rien.

Léon respirait encore. Sa truffe était brûlante. Le portant

dans ses bras, Gabelou s'éloigna du cercle de curieux qui déjà se dispersaient, déçus par ce non-événement…

La roue avait broyé la colonne vertébrale du vieillard dont l'arrière-train pendait lamentablement, formant un angle paradoxal avec le thorax.

Gabelou, désemparé, caressait le poil demi-ras, rongé par la pelade en de nombreux endroits. Sur le col, ses doigts rencontrèrent des tiques.

– Léon, murmura-t-il, pourquoi t'as fait ça ? Je t'aurais emmené chez moi, dans le Ventoux, c'est plus beau qu'Altay, tu verras, on en boira, tous les deux, des coups de rouge…

Les yeux de Léon se plissèrent. Une larme perla à sa paupière, que Gabelou essuya de son gros doigt malhabile. Dans un spasme, les pattes s'agitèrent, une griffe accrocha une maille du pull de Gabelou, qui étreignit une dernière fois le col à la fourrure mitée par on ne sait trop quel parasite, secoua la petite tête, qui dodelinait, inerte dans sa main…

◆

Ainsi se termine notre histoire.

◆

Personne ne se maria, personne n'eut beaucoup d'enfants.

Le crapaud resta crapaud, aucune jeune fille ne s'étant proposée pour lui donner un baiser, en dépit des nombreuses annonces parues dans les revues spécialisées.

Le Petit Poucet, perdu dans la jungle des villes, devint contremaître chez Citroën.

Les sept nains terminèrent leur vie dans un centre de gériatrie.

Le petit canard ne devint jamais cygne : il retourna au pays avec le million pour les immigrés.

Le Chat Botté fut capturé par les rabatteurs d'un laboratoire pharmaceutique où l'on pratique la vivisection…

◆

Tout fout le camp.

◆

Mais, du fond de sa retraite, là-bas, au pied du Ventoux, Gabelou raconte une étrange histoire : alors qu'il remontait la rue, le cadavre de Léon dans les bras, dans les boutiques des animaliers qui se jouxtent l'une l'autre le long du quai de la Mégisserie, voisin de celui des Orfèvres, mille chiens, derrière les barreaux de leur cage, face à des gamelles remplies d'une bouillie insipide, mille chiens hurlèrent à la mort, en hommage à Léon…

◆

Bien évidemment, il radote.

Arrêt sur lecture 3

La partie « La Belle » comporte 14 séquences.

L'intrigue

Considérant la structure et la pagination, le lecteur sait que le dénouement* approche. Dans la série des morts, il ne lui reste plus qu'à être informé sur celle du Visiteur. Pour les morts du Gamin, de la Vieille et du Commis-Boucher, la responsabilité du Coupable demeure incertaine malgré ses aveux. L'« enquête » de Gabelou n'avance pas. Seul un événement imprévisible peut apporter la solution. Nous sommes donc dans la situation classique de l'attente des « cinq dernières minutes ». Pour donner l'impression d'une accélération vers le dénouement*, la dernière partie est nettement plus courte que les précédentes.

Le Visiteur

C'est un retour sur les lieux du crime, dans l'appartement désormais vidé

Une cage d'escalier sans charme aucun ; une ombre qui se profile… Observez la composition de cette photo (la géométrie, le jeu des contrastes noir et blanc) qui restitue l'atmosphère du roman (photo A. Van der Stegen).

et nettoyé, qui permet à Léon de raconter la mort du Visiteur, dont on ignore longtemps l'identité. Au début de la partie « La Belle », il est encore appelé onze fois « le Visiteur ». Enfin, séquence 4, le Coupable s'adresse à lui en l'appelant « monsieur l'Inspecteur ». On se souvient alors que l'Inspecteur était l'amant d'Irène. On peut se souvenir également que, dans la septième séquence de « La Bête », Gabelou était allé le voir à la morgue et que, dans l'inventaire de ses vêtements, figurait un « costume tergal bleu nuit portant l'étiquette de la Camif », quasiment un costume de travail. C'est également l'univers professionnel qui donne à l'Inspecteur son surnom de Visiteur, un inspecteur étant chargé de faire des visites. Ironie du sort et de l'auteur, sa dernière visite, à l'appartement du Coupable, lui aura été fatale.

La résurrection d'Irène

L'intrigue* se clôt sur un véritable coup de théâtre, préparé par l'étonnante découverte du congélateur vide et inodore, « chez Emmaüs ». Puis c'est la réapparition subite d'Irène dans le bureau du commissaire. Cette réapparition a tous les caractères de la Résurrection, au sens chrétien du terme. Le congélateur vide rappelle le tombeau vide du Christ, découvert par les Saintes Femmes. La visite de Léon chez Emmaüs correspond, avec un humour quelque peu sacrilège, à la « Visite au Tombeau ». Cette lecture est confirmée par le fait qu'Irène n'accordait ses faveurs au Coupable que trois jours par an, dont le 15 août. « Pourquoi le 15 août, je te demande ? Je me demande, enfin, le 15 août » (« La Bête », séquence 8). Or le 15 août est le jour de l'Assomption, dogme qui s'est substitué tardivement au thème de la résurrection de la Vierge. Dans l'art chrétien, des œuvres représentent les apôtres constatant que le sarcophage de la Vierge est vide. Étrange Vierge que cette Irène « aux ongles ourlés d'un vernis pourpre, tout droit issu du coffret "Jouez à la femme fatale" ». On ne s'attend pas à ce que des anges la fassent monter au ciel. Une autre référence malicieuse à la thématique chrétienne est celle de la lapidation subie par Léon. La lapidation la plus célèbre est celle de saint Étienne. On la représente parfois avec un enfant portant des pierres aux bourreaux. Léon est poursuivi par des gosses qui lui jettent des cailloux. Il devient saint Léon, martyr de l'amitié, victime des méchants et des mémés qui font des signes de croix, victime des pharisiens modernes.

Cette résurrection sème le doute dans l'esprit de Léon et du lecteur. Le Coupable s'étant accusé sans raison du meurtre d'Irène, n'en est-il pas de même pour les autres meurtres dont il s'est confessé ? À cette question, Irène commence par répondre « oui » puis « non ». Le « oui » l'emporte parce que « c'est un sadique, un malade ». Mais cette conviction n'est toujours pas une preuve. Il reste à connaître le sort du Coupable, dont on se demande s'il va survivre. On assiste à son agonie, puis à la mort de Léon. Gabelou reste seul.

Léon, le piège

Plus ou moins tôt, plus ou moins tard, le lecteur a dû découvrir la véritable identité de Léon. Alors l'intrigue* criminelle prend son vrai visage, on découvre sa vraie fonction. Elle a capté notre attention pour la détourner du principal stratagème du livre : nous abuser sur le personnage de Léon. Pour ce faire, Thierry Jonquet a déployé une redoutable habileté. Léon, qui s'est trompé pendant tout le roman, nous a trompés.

Les personnages

La fin d'un roman policier a pour fonction d'éclairer, avec la résolution de l'énigme, la psychologie des personnages, dont les zones d'ombre étaient un des facteurs de mystère. Dans *La Bête et la Belle*, l'énigme ne se résolvant pas, on peut se demander ce qu'il advient des personnages.

Le Coupable

Sa double personnalité est plus que confirmée. Dans la séquence 5, le narrateur la rend sensible en opposant son côté pile et son côté face. On constate une progression dans la compréhension avec le mot « étayée », qui établit le lien entre la vie psychique du personnage et son comportement avec les sacs d'ordures : il essaie de faire tenir, de contenir tout ce qui menace de s'écrouler et de l'envahir. Ce caractère double explique les hésitations de sa femme quant au jugement qu'elle porte sur toute cette affaire, même si elle finit par choisir la thèse de la culpabilité. Il peut avoir tué la Vieille, le Commis Boucher et le Gamin, comme il peut ne pas les avoir tués.

Irène

Thierry Jonquet voulait initialement écrire une pièce de théâtre avec le sujet de *La Bête et la Belle*. D'où le caractère théâtral de la résurrection d'Irène. Thierry Jonquet va plus loin que Molière dans *Tartuffe*. Molière fait apparaître au troisième acte un personnage dont tout le monde parle depuis le début de la pièce. Il reste deux actes au spectateur pour vérifier si Tartuffe est conforme ou non à ce que l'on a dit de lui. Dans *La Bête et la Belle*, Irène, dont on parlait mais que l'on n'attendait pas, apparaît au dernier acte et dans une seule scène. Est-elle effectivement une « garce » ?

Gabelou et Léon

Gabelou se soucie plus du devenir de Léon que de la suite de l'enquête. Il visite les lieux du crime, mais sans rechercher un indice* qui lui aurait échappé. Léon pense toujours au Coupable, n'écoute le commissaire que d'une « oreille distraite ». Dans la première partie, les propos d'Irène ont fait naître une ambiguïté quant à la nature des relations entre le Coupable et Léon, qui se sont « acoquinés ». Cette ambiguïté se confirme à la fin du livre : « Ses trains lui suffisaient bien assez, sans qu'il ait besoin de s'amouracher de ça. » Même s'il s'agit de l'une des ruses de l'auteur pour nous abuser sur l'identité de Léon, il y a bel et bien dans le livre une histoire d'amour, une tragédie dont le schéma serait :

1. Le Coupable aime Irène qui ne l'aime pas.
2. Léon remplace Irène auprès du Coupable.
3. Gabelou remplace le Coupable auprès de Léon.
4. Léon meurt après la mort du Coupable.
5. Gabelou reste seul.

Ce schéma passionnel confirme le noyau théâtral du roman.

Les anonymes

Présents dès le début du roman, ils entourent les personnages principaux. Comme dans la tragédie classique, ils représentent le chœur, la *vox populi*. Ici, ils sont la voix de l'opinion publique qui a besoin de coupables, s'indigne et se délecte de leurs forfaits ou de leurs exploits. Ce sont ceux qui accusent le Coupable de toutes les morts, ce sont ceux qui s'acharnent contre Léon.

Le dénouement du texte

Le grand combat

Morceau de bravoure, cette scène mérite d'être considérée en elle-même. Équivalent du duel des romans de chevalerie, le combat entre hommes, entre rivaux, est l'un des archétypes du film d'aventures, notamment du western. L'univers du western est d'ailleurs présent dans le livre avec le Canyon et les maquettes de trains américains. Évidemment, là encore, Thierry Jonquet joue avec les codes. Par la personnalité des combattants, un enseignant et un inspecteur, dérisoires cow-boys. Par le cadre des ordures qui équivaut à la boue du *Grand Sam*, western d'Henry Hathaway qui avait transformé le combat homérique en catch burlesque*. Les commentaires de Léon ajoutent à l'humour de la scène : il parle de « complications » quand il y a déjà un mort et un mourant.

Une fin de mélo

« Œuvres de passion, d'amour, de tendresse, de charme. Œuvres tragiques, œuvres d'angoisse, œuvres de pitié ; éternels romans d'émotion où se heurtent tous les sentiments nobles ou vils, tour à tour émouvants jusqu'aux larmes, angoissants jusqu'à l'arrêt du souffle. »

Cette annonce publicitaire de la maison d'édition Tallandier accompagnait, en 1911, le lancement d'une collection « Chefs-d'œuvre des maîtres du roman populaire ». Claude Aziza a placé cette publicité en ouverture du volume « Mélos » publié par Omnibus en 1992, parce qu'elle peut constituer une définition du genre : sentiment, émotion, larmes.

« Ça fait un peu ronflant », disait Léon quand il évoquait son amitié avec le Coupable en des termes pseudo-poétiques dont il avait du mal à assumer la sentimentalité mièvre («rayon de soleil de l'amitié »). Car le roman noir exclut la sentimentalité, spécialité de collections caractérisées par des couleurs plus tendres. La fin de *La Bête et la Belle* pose donc un problème intéressant dans la mesure où elle comporte des éléments mélodramatiques : la situation (mort de Léon dans les bras de Gabelou), la question pathétique de Gabelou («pourquoi t'as fait ça ? »), la larme qui coule à l'œil de Léon, l'expression chargée d'affectivité («petite tête »). Dans la logique du comportement de Thierry Jonquet avec les autres codes, on peut difficilement lire cette scène finale au premier degré. Au lecteur de mesurer si, malgré les filtres de la distanciation, une émotion demeure. Cette fin illustre la difficile gestion de la contradiction entre roman noir et sentimentalisme.

L'épilogue

« Ainsi se termine notre histoire. » Après cette phrase qui aurait pu être la dernière mais qui renoue avec l'univers du conte, Thierry Jonquet a ajouté une post-histoire qui fait écho à l'avertissement initial. La fin du roman n'est pas une fin de conte de fées. Les six fins possibles de contes sont assassinées par le refus du happy end («Personne ne se maria, personne n'eut beaucoup d'enfants») ou par leur détournement dans des réalités du monde moderne : petites annonces de rencontres, « jungle des villes » (titre de Brecht) qui a remplacé la forêt, « centre de gériatrie », « million pour les immigrés », « vivisection ». Le passage de la poésie du conte aux laideurs du monde moderne ne peut être considéré comme positif. Ainsi, si le « tout fout le camp » final répond au « tout fout le camp » initial, il n'a pas la même valeur. Le premier avait une charge ironique, le second est alourdi par le contenu du roman et ses constats d'échecs, ses impossibilités de métamorphose, de solution. D'abord rejeté comme genre lénifiant, le conte de fées devient objet de nostalgie.

Enfin, on retrouve Gabelou en situation de conteur (il raconte une « étrange histoire »). Les chiens des animaleries auraient hurlé à la mort pour rendre hommage à Léon… « Bien évidemment, il radote. » Il radote peut-être autant que le Coupable revendiquant la mort d'Irène. La dernière phrase du livre place définitivement celui-ci sous le signe de l'incertitude.

Le plaisir de relecture

« Je relis les livres que j'aime et j'aime les livres que je relis », dit Georges Perec. *La Bête et la Belle* est un livre qui, plus qu'aucun autre, appelle la relecture. Le plaisir de la seconde lecture est encore plus fort que celui de la première puisque, désormais, on sait. Le lecteur peut donc établir des rapports, percevoir et apprécier un système d'annonces, d'échos, de ruses.

Par exemple, il peut faire le lien entre les collines évoquées dans l'avant-récit et celles du paysage de maquettes. Il peut relire la description des vêtements du Visiteur à la morgue, en sachant qu'il s'agit de l'Inspecteur. Il voit alors quel don Juan a été préféré au Coupable (« ceinture lombaire antirhumatismale du docteur Scholl »).

Mais, à la différence d'un roman policier classique, *La Bête et la Belle* ne se relit pas pour comprendre comment le romancier nous a égarés sur le terrain de l'intrigue*. « Il est très rare qu'on trouve des romans policiers dont l'énigme soit liée au texte lui-même », constate Alain Robbe-Grillet (*Littérature* n° 49, février 1983). Or *La Bête et la Belle* relève de cette rareté. Les indices* ne sont pas à rechercher dans la situation, les lieux, les objets. Ils sont dans la chair même du texte, dans les mots. C'est par le langage que Thierry Jonquet trompe son lecteur quant à l'identité de Léon. La seconde lecture visera donc à démêler une intrigue* textuelle.

à vous...

1 – Alain Robbe-Grillet dit ne pas aimer les romans policiers parce que la fin a nécessairement une fonction rassurante : élucidation* et retour à l'ordre (*Littérature* n° 49, février 1983). En est-il ainsi dans *La Bête et la Belle* ?

2 – Quand avez-vous découvert l'identité de Léon ?
Quel a été le premier indice* ?
Recherchez ceux qui ont précédé et que vous n'aviez pas vus.
Relevez ceux qui ont suivi votre découverte.
Analysez toutes les astuces mises en œuvre par Thierry Jonquet pour nous tromper.

3 – Irène est-elle conforme à ce que disaient d'elle le Coupable et Léon ?

4 – En étudiant le dialogue, la gestuelle, le cadre, montrez comment le combat entre le Coupable et le Visiteur reprend de façon burlesque* une scène de western.

5 – Lors d'une seconde lecture, relevez tout ce qui constitue un éclairage, un enrichissement de compréhension dû aux souvenirs de la première lecture.

Bilans

Un anticonte mais...

Le titre et l'avant-récit indiquent une démarcation par rapport aux contes de fées. Pas de forêts mais un milieu urbain contemporain. Pas de palais merveilleux mais un appartement envahi par des sacs d'ordures. La fin de l'histoire marque bien le refus d'une résolution heureuse, alors que le conte de Jeanne-Marie Leprince de Beaumont se termine ainsi :

« Dans le moment, la fée donna un coup de baguette qui transporta tous ceux qui étaient dans cette salle dans le royaume du prince. Ses sujets le virent avec joie et il épousa la Belle, qui vécut avec lui fort longtemps et dans un bonheur parfait, parce qu'il était fondé sur la vertu. »

À la fin du *Chat botté* de Perrault, le chat devient prince. Cendrillon se marie, la femme de Barbe-Bleue épouse un « fort honnête homme ». Le Petit Poucet revient chez son père et met « toute sa famille à son aise »

Dans *La Bête et la Belle*, Gabelou et Irène restent seuls. Il a perdu son ami, elle a perdu son amant. Thierry Jonquet s'oppose également au superlatif dans la beauté («ce palais, le plus merveilleux qu'on puisse imaginer»). Dans *Peau-d'Âne*, le roi est « le plus heureux de tous les monarques ». Dans son palais, Perrault dit que règnent « la magnificence, le goût et l'abondance »... Le contre-pied esthétique et social de

Thierry Jonquet est total. Il évoque un monde misérable et qui le demeure, dans une écriture qui refuse les enjolivements.

Mais il ne faut pas oublier que certains contes ne se finissent pas par mariage et enfants : « Et, en disant ces mots, le méchant loup se jeta sur le Petit Chaperon rouge et le mangea. » Il ne faut pas oublier la parenté de statut entre l'auteur de polar et le conteur : le statut de raconteur d'histoires. C'est pourquoi Thierry Jonquet ne se contente pas de rejeter les contes de fées mais en reprend dans son roman quelques éléments. La réapparition d'Irène a quelque chose de magique ; Gabelou, dans sa retraite, raconte une étrange histoire où l'on trouve les hyperboles* du conte («mille chiens») ; la Vieille est une sorcière que le Coupable imagine chevauchant un balai. Et l'évocation d'Irène dans le congélateur n'est pas sans rappeler la Belle au Bois dormant :

> **... elle doit être comme une reine. Sa belle peau si douce doit s'être couverte de petits cristaux de glace : une parure de princesse ! Ce qui est bien avec le congélateur, tu vois, Léon, c'est que ça conserve. Un jour, peut-être, j'aurai envie de la revoir ?**

Enfin, l'univers des contes de fées tel qu'il apparaît dans l'épilogue*, opposé aux barbaries modernes, semble autant un monde de poésie perdue qu'un ramassis d'idéalisme et de clichés*. L'opposition de Thierry Jonquet aux contes de fées s'avère ainsi plus nuancée qu'il n'y paraissait.

Un faux-vrai roman policier

Avec le roman policier classique, Thierry Jonquet pratique aussi un jeu d'utilisation et de démarcation. *La Bête et la Belle* a certains attributs du roman policier : un commissaire qui cherche à comprendre, des morts à élucider. On retrouve les personnages familiers du genre, le médecin légiste, les collègues, et ses lieux privilégiés, le bureau du commissaire, la morgue, l'hôpital, le cimetière, le milieu urbain. *La Bête et la Belle* utilise aussi les techniques de base du roman policier : le changement de point de vue et les écarts entre les deux ordres de la fiction* et de la narration*. En reprenant les procédés fondamentaux qui permettent de différer l'information, Thierry Jonquet se montre fidèle à une tradition du roman policier. Mais les deux premières séquences du livre sont symptomatiques. Les éléments classiques y apparaissent tellement nombreux que l'on pourrait croire à un pastiche*. Puis le romancier cesse de jouer le jeu dont il feignait d'observer les règles. Par ses personnages et par sa conception de l'intrigue*, Thierry Jonquet pervertit les codes du genre.

Des personnages non conformes

Le Coupable n'a pas de nom ; il est désigné par l'une des fonctions du roman policier. Nommé ainsi dès le début, proclamant sa culpabilité, il rompt spectaculairement avec le schéma classique. Quant à Gabelou, c'est un enquêteur singulier, fort peu motivé. Seules les pressions extérieures, celles de l'Emmerdeur et des journalistes, l'obligent à assumer quelque peu son rôle, auquel il ne croit plus. Tout l'oppose aux autres policiers du roman. Le commissaire d'Altay est jeune et nerveux, tandis que lui promène une soixantaine placide. Si on n'a pas de renseignements sur son costume, on l'imagine très différent de celui des policiers de l'antigang : « blousons de cuir, jeans effrangés, mèches en bataille, et le flingue glissé sous la ceinture ». En revenant à un commissaire du type Maigret, Thierry Jonquet a voulu s'opposer à un cliché* cinématographique : celui du jeune policier à blouson de cuir, du cow-boy. Mais ce parent de Maigret est fatigué, dépassé. Il n'aspire qu'à retrouver son mont Ventoux. À la fin du roman, le pauvre cow-boy solitaire n'a même pas de cheval, seulement un chien mort.

Une intrigue truquée

Sur le plan de l'intrigue*, Thierry Jonquet nous a habilement trompés. Le Coupable a mystifié Léon avec l'histoire du congélateur et de la mort d'Irène, et, du même coup, le romancier a mystifié le lecteur par un tour de passe-passe : le crime, qui ne faisait aucun doute, n'était qu'une fabulation, fabulation qui répand le doute sur les autres aveux du Coupable. Au lieu de se clore en fin de roman par son élucidation*, l'intrigue* demeure ouverte, témoignant ainsi du refus d'un retour à l'ordre.

Léon

C'est avec le personnage de Léon que Thierry Jonquet s'est le plus démarqué du schéma classique. En le faisant passer pour un vieux clochard, en concentrant à la fin des informations révélant sa vraie nature de chien, il a déplacé sur le plan du langage le jeu des leurres* et des indices* que le roman policier situe sur le plan des personnages, des emplois du temps, des lieux, des objets. Si le roman policier use de la technique du détournement de l'attention pour mener une intrigue*, la perversité de Thierry Jonquet a consisté ici à se servir de l'intrigue pour détourner notre attention du vrai piège, du vrai complot. Ici, l'arme du crime est le langage, et le coupable en est l'auteur.

Leurres et indices potentiels

On peut, dans chaque partie, relever les leurres et les indices* potentiels, ainsi que les manifestations d'un humour permis par un jeu sur des locutions* prises au pied de la lettre.

Dans « La Bête »

Les leurres – Léon a le corps, les attitudes et les comportements d'un homme. On lui donne des claques dans le dos, il s'assied dans un fauteuil, il rend de petits services, va faire les courses. On le considère comme le « seul témoin ». Quand il raconte son histoire, c'est celle d'un gosse aux origines paysannes, celle d'un « type de la campagne ». Il a eu des mômes, son Eulalie est morte en couches... L'histoire d'un être simple.

Les indices – Les policiers lui braquent leur lampe « dans la gueule ». Il a les yeux « chassieux » : cet adjectif s'emploie pour les humains mais,

par association d'idées et fausse étymologie, il peut évoquer la chasse et les chiens.
Jeu avec les locutions – « je n'ai jamais desserré les dents » ; « à me passer la brosse à reluire » ; « j'ai longtemps vécu au pain sec et à l'eau » ; « faire le dos rond » ; « sans broncher » ; « avec les femmes, j'ai toujours eu du flair ».

Dans « Le Palais »
Les leurres – Léon se souvient du temps où il « faisait la manche ». Quand la Vieille vient à l'appartement, ils se retrouvent « nez à nez ». Elle a peur qu'on lui morde les fesses, ce que l'on met sur le compte de sa pudibonderie. Léon mange du steak et boit du vin rouge. Le Coupable le traite de clochard. Tous deux mangent « en tête à tête », chacun ayant son assiette. Quand Gabelou invite Léon à « casser une petite graine » dans un bistrot, ils sont « attablés ». À l'occasion d'un autre souvenir d'enfance, Léon repense à un jouet, un gros nounours.
Les indices – Léon bondit « de bosquet en bosquet », ce qui suggère un déplacement d'animal. Il ne connaît pas toutes les réalités humaines, d'où l'emploi de périphrases pour parler des CRS («ceux qui se mettent tout en bleu avec des casques et des boucliers ») ou des gaz lacrymogènes («leur fumée qui fait pleurer »). Il ne fait pas, comme le Coupable, ses « besoins » dans des bouteilles en plastique. Il les fait « dans le fond, près de la fenêtre. Ou bien au-dehors, en balade ». Quand Gabelou commande deux petits salés, le serveur a l'air étonné.
Jeu avec les locutions – « ils en bavaient de rage » ; « Gabelou aurait pu me dire que […] j'étais un vrai enragé ».

Dans « La Belle »
Les leurres – Les goûts culinaires de Léon se précisent, il préfère la bavette, l'araignée, la hampe. Après l'arrestation du Coupable, il retrouve un comportement de clochard en dormant dans un local à poubelles, près d'une colonne d'air chaud. Il s'identifie à un autre vieux

que les enfants ont maltraité et qui s'appelle Gustave. On le considère comme le témoin numéro un et le complice du meurtrier.
Les indices – Léon marche « sur les talons » de Gabelou. Poursuivi par les enfants, il passe par un trou de grillage et ils ne peuvent pas le suivre. Il se cache sous les camions, sous les voitures, derrière les roues. Le plus étonnant est qu'il mange de l'Inspecteur, mais on peut croire à un degré supplémentaire dans l'humour macabre. Enfin, il hurle à la mort, griffe le sol, file entre les jambes des badauds, « ventre à terre ». Gabelou ramasse son « petit corps meurtri dans le caniveau ». Les indices* se concentrent : « truffe », « poil demi-ras », « pelade », « tiques », « pattes », « griffe », « fourrure », « parasite ».
Jeu avec les locutions – « on traîne une sacrée casserole tous les deux » ; « pas de quoi fouetter un chat ».

Outre les situations, la principale ruse de Thierry Jonquet réside dans le langage et notamment dans l'utilisation des métaphores* reliant le monde humain et le monde animal. Nous y sommes tellement habitués que nous les prenons comme telles, et c'est ainsi que nous entrons dans le piège. Thierry Jonquet a réparti leurres et indices* tout au long du roman, avant la concentration finale, destinée à mettre la puce à l'oreille du lecteur qui aurait préalablement manqué de flair. *La Bête et la Belle* permet donc une belle expérience de ce qu'est le processus de lecture, de tout ce qu'il implique d'*a priori*, de fausses évidences, de projections de la part du lecteur. Une belle expérience de toute la vigilance qu'elle peut lui demander.

Un vrai roman noir

Affrontant les duretés du monde d'aujourd'hui avec un parti pris de violence et de réalisme, *La Bête et la Belle* est un authentique roman noir. Mais ce réalisme ne saurait être un reflet d'apparences. Il implique un choix, un regard. L'option noire peut s'analyser dans plusieurs domaines.

Le noir urbain

Outre les images d'un Paris nocturne, c'est la banlieue qui s'impose comme lieu dominant, avec ses cités dont seuls les noms ont des fleurs, ses terrains vagues, ses zones industrielles, ses néons défaillants. Si le « CES en préfabriqué », le « Centre Culturel désert » la « Cafétéria du supermarché squattée par des loubards désœuvrés » constituent un « mauvais cliché* », c'est que, dramatiquement, la banlieue peut ressembler à ces images stéréotypées. Dans *Polarville*, étude sur l'image que donne de la ville le roman policier, Jean-Noël Blanc dit justement que cette image est plus poétique ou symbolique que réaliste. Dans *La Bête et la Belle*, la juxtaposition d'Altay-I et d'Altay-II peut l'illustrer : Altay-I, la vieille ville avec ses pavillons en meulière, habitée par des fonctionnaires en retraite... et l'Inspecteur ; Altay-II, la ville nouvelle avec des cités où vivent des ouvriers... et le Coupable. Cette opposition rappelle la ville haute et la ville basse d'Angoulême dans *Les Illusions perdues* de Balzac. Au contraste social immédiat s'ajoute la symbolique historique. Une rupture – brutale – s'est faite entre deux univers humains mais aussi entre deux époques, celle des champs et celle des pylônes. C'est contre l'un de ces pylônes détestés par Léon qu'est mort le Gamin.

Le noir social

Ce roman publié en 1985 renvoie l'image d'une société en proie à la crise économique et à ses effets néfastes dans toutes les dimensions de la vie. Deux lieux, à la fois réels et symboliques, voisinent : l'usine Citroën et le CES.

Le problème économique – Les soucis d'argent sont évoqués dans le roman à maintes reprises. La famille du Gamin doit faire face au coût des fournitures scolaires et aux impôts. Le Coupable fait des heures d'études et des centres aérés pour avoir « plus de sous ». Il achète à la

Camif parce que « c'est moins cher ». Un commissaire n'est pas insensible aux soixante-dix francs d'une vacation mortuaire. À l'usine Citroën, on licencie, on fait grève. Les CRS interviennent…

L'école – Jusque dans son dernier « Série Noire », *Moloch*, Thierry Jonquet se montre très sensible à la souffrance des enfants, des jeunes. L'école est l'un des lieux de cette souffrance. Dans une histoire pour enfants, *On a volé le Nkoro-Nkoro*, l'institutrice s'appelle Madame Camif. La Camif est très souvent citée dans *La Bête et la Belle* : il est cruel que la Coopérative d'Achat de la Mutuelle des Instituteurs de France symbolise une institution à vocation culturelle et émancipatrice, embourgeoisée dans son catalogue. Mais, dans ce domaine comme dans les autres, Thierry Jonquet échappe au simplisme, au manichéisme*. Il serait trop facile d'opposer le gentil cancre révolté au méchant prof. Le voisin du Coupable est un enseignant qui n'a pu supporter ses élèves « déchaînés ou hagards à force de sniffs de mauvaise colle ». Le Coupable a connu des classes surchargées et difficiles, mais il continue à faire sérieusement son travail malgré un drame personnel. Dans une société qui va mal, l'élève et l'enseignant souffrent chacun de leur côté et peuvent se faire mutuellement souffrir. Somme toute, comme Gabelou, le Coupable est plutôt « bon bougre ».

Le noir psychiatrique

Avec le Coupable, Thierry Jonquet crée un personnage divisé, cloisonné, qui s'accroche extérieurement à des apparences impeccables et s'abandonne, dans son appartement, sur les pentes de la démence. Son « intérieur », il tente de l'étayer, de le cacher. Fuyant les ordures extérieures, volets clos, il s'environne de sacs de détritus : le négatif de la provocation. Alors que la provocation vise à révéler au monde ce que ce dernier veut cacher, la démarche du Coupable vise à s'en protéger par des remparts illusoires. Démarche d'autodestruction et de fabulation dans laquelle c'est le mensonge qui dit la vérité : « Elle [Irène] est partie, je leur dis qu'elle est retournée dans sa famille. »

Le noir anatomique

Les avatars du corps – ce qu'il peut lui advenir et ce qu'il devient – offrent un domaine privilégié à l'option dure du réalisme. C'est avec une froideur technique que le médecin légiste considère le corps du Gamin. Pour lui, les jambes sont des « membres inférieurs ». Les blessures s'analysent en termes géométriques («perpendiculairement à la clavicule ») et anatomiques («boîte crânienne », « occipital », « pariétaux »). L'accident du Commis-Boucher et le rapport d'autopsie de la Vieille donnent lieu à la même approche clinique («partie supérieure du pariétal droit », « bordure supérieure de l'os iliaque »…).

Un monde d'ordures

Ces différents domaines, liés dans la vie, le sont dans le texte par un réseau lexical : celui des ordures et de la putréfaction. Irène est appelée « poison », « peste » ; la Vieille est appelée « pourriture », « charogne » ; les gosses traitent Léon de « pourri », « fumier », « galeux » ; le Coupable traite l'Inspecteur d'« ordure ». C'est encore ce mot qu'utilise Gabelou : « Si c'est vrai, Léon, ton pote était une belle ordure ! »… La classe de CPPN est appelée « classe dépotoir ». Gabelou se demande, à propos des possibles crimes du Coupable : «… alors, pourquoi fouiller dans les ordures ? »

En entassant des détritus chez lui, le Coupable ne fait que reconstituer un équivalent « déplacé » des réalités extérieures. Dans le paysage de banlieue, des carcasses de voitures et d'ustensiles ménagers finissent de rouiller. Quand les éboueurs font grève, le dehors ressemble au dedans : « Il y avait plein de sacs bleus et rouges, comme chez nous. » Indisposé par les odeurs de l'appartement, Léon l'est bien davantage par celle des gaz d'échappement. Quand la police intervient dans la cité, les gamins lui jettent des sacs d'ordures.

La décomposition des corps offre une autre image de fermentation, de macération. Les humains sont également des sacs pleins de détritus. Le Coupable, entasseur de sacs fétides, va en devenir un, comme par un phénomène de contagion. Le jus qui s'échappe de ces accumulations « ronge » les fils électriques. À son tour, il sera « rongé » par la septicémie, le jus entraînant le pus. Fendu comme un sac, il suintera, suppurera. Sa vie psychique est aussi un phénomène de jus et de pus : « une fuite, un écoulement, une liquéfaction, un gargouillement de mille lâchetés ». Le monde des ordures offre donc un champ métaphorique fondamental pour parler de la vie, dans ses dimensions sociales et psychologiques, indissolublement liées.

« Où est la morale dans tout ça, Léon? »

Après tant de noirceurs, le lecteur peut se poser cette question. Reste-t-il des valeurs positives dans cet univers ? La ligne de partage entre les personnages les divise en deux camps, selon le critère de l'adaptation ou de l'inadaptation à la société actuelle. Les moins sympathiques sont les adaptés, ceux qui adhèrent aux valeurs de ce monde ou cherchent à en tirer parti : Irène, l'Emmerdeur, les journalistes, le représentant d'une firme de sacs-poubelles qui rêve d'exploiter publicitairement l'événement, les policiers qui pillent la collection du Coupable. À ces voraces s'ajoutent les minables, les Mme Petit (bien nommée), les Bandret (homophone d'un conditionnel !).

Sur un tel fond de médiocrité se détache le trio des inadaptés, le Coupable, Léon et Gabelou, dépassés, fatigués, démodés, réfractaires à la modernité. Leur inadaptation les empêche d'être complices d'un monde inhumain, mais Thierry Jonquet n'en fait pas pour autant des héros du refus. Leur faiblesse tient précisément à leur fatigue. Léon est vieux ; Gabelou aussi, qui a passé l'âge de « refaire le monde ». À trente-cinq ans, le Coupable est déjà vieux. Et le caractère pathologique de son comportement ne peut donner une valeur positive à sa marginalité. Son idéologie s'avère aussi double et ambivalente que sa personne.

Un clin d'œil fatigué de Léon ? Certaines banlieues ont leurs bidonvilles. La vie s'organise dans ces dépôts d'ordures : on travaille, on dort, on s'aime…

Certes, il se montre solidaire avec les grévistes, se réfère à la fierté, à la dignité, à une certaine sagesse. Mais son culte de la modération en toute chose lui donne des pensées de petit rentier frileux : pédagogie rétro, recours à un prétendu bon sens, aux valeurs sûres de la grammaire et du calcul. Opposant théorie et pratique, affichant un anti-intellectualisme sommaire, c'est un poujadiste* de la pédagogie. Ses dernières paroles scellent une idéologie de la tranquillité : « plus personne viendra nous emmerder, maintenant ». Illustration de la différence établie par Tocqueville entre la liberté, positive, et l'indépendance, négative. Si la liberté exige la participation active aux affaires de la cité, l'indépendance, elle, se contente de l'absence de dérangement.

Thierry Jonquet donne l'image impitoyable d'une société en crise. Les ouvertures ne peuvent se faire que dans la direction d'un passé ou d'un ailleurs, les rêves de l'Altay d'autrefois ou du mont Ventoux. Dans une société malade de nostalgie, Gabelou, visitant l'école, pense que ce monde ne peut engendrer de nostalgies futures. C'est pourquoi il porte un nom qui appartient à l'Ancien Régime. La société française semble un Altay-II qui rêve à un Altay-I et ne peut envisager un Altay-III. En définitive, la seule valeur qui subsiste indiscutablement est celle de l'amitié, et elle unit un homme et un chien !

Ce court roman présente ainsi une richesse, une complexité, une subtilité très grandes. La maîtrise de sa conception, l'efficacité de son écriture, son humour, son regard sur le monde en font un bel exemple des vertus du roman noir qui, quand il atteint cette qualité, vaut tous les romans d'autres couleurs.

Prolongements

Sur *La Bête et la Belle*

1. En vue d'un exposé oral ou d'une synthèse écrite, analysez et approfondissez un aspect particulier du livre : les diverses formes d'humour, l'expression littéraire de la violence…
2. Écrivez un article rendant compte de *La Bête et la Belle*.
3. Écrivez un projet d'adaptation cinématographique de *La Bête et la Belle* (justification du projet et grandes lignes d'intention). Écrivez une partie de scénario correspondant à une séquence particulière.
4. À partir d'un fait divers, écrivez une histoire policière ou noire.

Sur Thierry Jonquet

La lecture d'autres livres de Thierry Jonquet permettra de percevoir des constantes ainsi que les particularités de *La Bête et la Belle*. Pour comparer les techniques narratives (attention aux âmes sensibles !), on peut lire *Mygale*, *Mémoire en cage*, *Moloch*, parus dans la Série Noire aux éditions Gallimard. Quant au maniement de la langue, il est indispensable de lire *La vie de ma mère* !

Sur le roman policier ou noir

Les quelques citations qui suivent peuvent vous guider dans vos réflexions :

« Le genre policier connaît aujourd'hui un déclin aux États-Unis. Il est devenu un genre réaliste, plein de violences, y compris sexuelles. En tout cas, l'origine intellectuelle du récit policier a été oubliée, a complètement disparu. »

Borges, *Conférences*, Éditions Gallimard.

« On reproche souvent au polar un réalisme ou un naturalisme plat, conséquence d'une conception mimétique de la représentation, d'une volonté de coller au réel, d'en être le reflet précis, quitte à délaisser toute problématique d'écriture et renoncer à toute responsabilité de forme. »

Franck Évrard, revue *Contre-voix*,
automne 1995.

« Le public trouve dans la lecture des romans policiers les deux éléments essentiels de toute littérature populaire : un décor contemporain allié à une aventure fabuleuse. »

Josée Dupuy, *Le roman policier*,
Larousse, 1974.

« Dans le roman noir, on est absolument contraint de raconter une histoire, sinon le lecteur ne va pas jusqu'au bout. Mais si charpentée soit-elle, l'histoire ne doit pas masquer l'essentiel : la vérité. S'il sort de la vérité d'une structure artificielle, le roman est vrai. »

Daniel Pennac, revue *Contre-voix*.

« Le roman policier médiocre se borne à reproduire la figure de base, [...] il reprendra d'anciens patrons éprouvés. Au contraire, le roman policier de qualité combine les éléments de façon neuve ; le paradoxe, l'écart qu'il construit est le plus considérable possible de sorte que la solution de la fin apparaît comme un renversement intégral de ce qui précède. »

Charles Grivel, in *Entretiens sur la paralittérature*, Plon, 1970.

« Le conflit entre les désirs et les revendications personnelles du héros et la réalité extérieure est à la base de presque tous les romans noirs. Inutile d'ajouter que de ce conflit l'individu ne peut pas sortir vainqueur, car la société est trop puissamment organisée pour laisser leur chance aux héros solitaires même s'ils tentent de s'intégrer à elle. Ce héros-victime est donc à la fois un héros du mal et de l'échec. »

Juliette Raabe, in *Entretiens sur la paralittérature.*

« Les romans noirs sont une littérature immédiate et engagée. »

Jean Pons, revue *Les Temps modernes*, n° 595, 1997.

« À la traditionnelle question « Qui a fait le coup ? », l'auteur de roman noir en ajoute une seconde généralement décisive, « Pourquoi y a-t-il eu crime ? » »

Claude Mesplède, revue *Les Temps modernes.*

« Le roman noir est une enquête sur les failles et les marges de la société. »

Patrick Raynal, revue *Les Temps modernes.*

1. On a publié en France, en 1994, 471 titres de polars. En 1997, on en a publié 821. Le nombre des lecteurs a-t-il augmenté dans la même proportion ? Vous pouvez faire une enquête sur l'édition et la diffusion de cette littérature (éditeurs, collections, tirages, lectorat).
2. La lecture de romans policiers ou noirs permettra de mettre en place

les éléments d'un paysage vaste, varié. Michel Lebrun et Jean-Paul Schweighaeuser écrivent, dans la conclusion de leur Guide du polar : « En son sein cohabitent les tendances les plus diverses : de la classique enquête de détective au roman de constat social, de l'histoire folle au burlesque* le plus débridé, du néopolar misérabiliste* au polit-polar violemment engagé, le genre, tel le diamant dont il possède la dureté, brille de ses innombrables facettes. »

Sur la relation entre roman policier ou noir et littérature « générale »

Cette appellation « littérature générale » s'oppose aux littératures spécialisées. On emploie aussi le mot « paralittérature » pour désigner l'ensemble des œuvres se situant hors de la littérature légitimée. Jean Tortel définit ainsi cette notion : « Masse écrite qui reste en dehors de toute littérature ou que la Littérature (avec un grand L) refuse de reconnaître comme sienne et quelle que soit l'intention du départ de l'écriture ou le résultat de la réalisation. » L'usage éditorial et la symbolique des couleurs amènent aussi à parler de littérature noire ou blanche. Ce qui pose le problème des hiérarchies au sein de la production littéraire :

1. Sur quoi repose la distinction entre la littérature reconnue comme telle et celle qui ne l'est pas ?
2. La volonté de défendre des littératures marginalisées implique-t-elle le renoncement à tout jugement de valeur ? (Jean Dubuffet, pour mettre fin aux sélections et aux hiérarchies, préconisait le renoncement à la notion de valeur esthétique.)
3. Appliquer au roman policier ou noir cette question de Roman Jakobson : « Qu'est-ce qui fait d'un message verbal une œuvre d'art ? »

Sur le roman

La lecture de *La Bête et la Belle* amène à réfléchir sur les problèmes généraux du roman (les techniques narratives, la notion de personnage, roman et réel, roman et Histoire, roman et idéologie...).

La Bête et la Belle permet surtout une belle leçon de lecture du roman, par la prise de conscience de tout ce qui échappe lors de la première lecture. Si le lecteur d'un roman n'est pas forcément ce « lecteur méfiant » dont parle Borges, il doit être au moins un lecteur attentif aux annonces, aux échos, aux éclaircissements rétrospectifs.

1. À quel type d'attention la lecture de *La Bête et la Belle* peut-elle rendre sensible ?
2. Ce type d'attention est-il transférable pour la lecture de tout roman ?

Annexes

De vous à nous

Arrêt sur lecture 2 (p. 136)

6 – Sujet de dissertation : La comparaison des situations de communication permet en partie de comprendre les différences entre emploi écrit et emploi oral de la langue. Dans une situation de communication orale, les messages non verbaux (gestes, expressions), le contexte, la familiarité entre interlocuteurs peuvent amener une simplification de l'expression. Dans une situation de communication écrite, on a le temps de choisir, de préciser, de corriger. On prend en compte le caractère durable de l'écrit avec un plus grand souci du jugement d'autrui («Les écrits restent»).

Le phénomène s'accentue avec la littérature. L'effet littéraire résultant d'un écart vis-à-vis du langage courant, la distance entre emploi écrit et emploi oral de la langue s'agrandit.

Cette distance pose le problème de la norme grammaticale ou esthétique, laquelle n'est pas envisageable sans la dimension sociale. Au XVIIe siècle, pour Vaugelas, le bon usage était « composé de l'élite des voix ». Dans cette optique, ce sont donc les façons de parler populaires qui se trouvent écartées de la sphère du « correct », sur le plan de la grammaire et celui du bon goût.

Toute une tradition scolaire a reposé sur cette notion de norme, a privilégié une forme d'écrit, condamné l'emploi de tournures empruntées au langage parlé populaire.

Les risques de cette normalisation sont ceux d'un appauvrissement. La variété liée aux différents milieux, aux différents métiers et aux différentes régions n'est pas prise en compte. On néglige le caractère vivant d'une langue, qui évolue :

« [...] l'évolution de la langue a souvent son origine dans des façons de parler populaires, argotiques ou patoisantes : de sorte que la correction d'une époque ne fait souvent que consacrer les incorrections de l'époque précédente. »

Oswald Ducrot et Tzvetan Todorov,
Dictionnaire encyclopédique des sciences du langage, Le Seuil, 1972.

La réaction contre le bon usage s'est faite avec des motivations politiques et sociales. Un exemple particulièrement net est fourni par Victor Hugo dans « Réponse à un acte d'accusation » (*Les Contemplations*). Il s'insurge contre les ségrégations instaurées entre les mots :

« La langue était l'état avant quatre-vingt-neuf ;
Les mots, bien ou mal nés, vivaient parqués en castes [...] »

Il veut que la révolution sociale se traduise dans l'esthétique, dans le langage. Il veut libérer le « substantif manant » et le « verbe paria », les mots du peuple, les patois, les argots :

« Je mis un bonnet rouge au vieux dictionnaire.
Plus de mot sénateur ! Plus de mot roturier ! »

La préoccupation réaliste a aussi conduit à faire entrer en littérature la langue telle qu'elle se parle. Principalement dans les propos rapportés au style direct. Puis les narrateurs ont intégré à leur récit même des éléments du langage parlé.

Mais les extraits de Louis-Ferdinand Céline, Albert Simonin et Alphonse Boudard montrent à l'évidence que cette intégration ne résulte pas d'un simple enregistrement. Le langage parlé est utilisé à des fins expressives et esthétiques.

Le véritable enjeu est donc celui de la vie de la langue, de ses « aventures » comme le dit le poète Norge dans *La langue verte* (Éditions Gallimard, 1954). Se référant à François Villon et Rabelais, il refuse que les mots se dessèchent dans des herbiers :

« Ils sont comme les enfants, les mots ; ils ont besoin de jouer quand ils sont jeunes. »

L'opposition des points de vue de Xavier de Montépin et Albert Wolff s'avère réductrice. « Faut-il écrire comme on parle ? » n'est pas la vraie question. Si l'on se contente d'écrire comme on parle, il n'y a pas création littéraire. Si l'on écarte de la littérature la langue vivante, elle se prive de sève.

Glossaire

Assonance : retour de voyelles identiques.
Burlesque : genre littéraire consistant à rendre un personnage ou une situation comiques, extravagants, grotesques, à aborder des sujets nobles dans un style familier.
Canon : ensemble de règles conformes à un idéal.
Caricature : déformation d'une réalité par l'accentuation de certains aspects.
Champ lexical : ensemble de mots relevant du même thème.
Cliché : idée, expression ou image trop souvent utilisées pour décrire une réalité.
Connotation : évocations associées à un mot.
Dénouement : achèvement, terme, solution d'une action, d'une intrigue.
Élucidation : éclaircissement, explication d'un fait, d'une intrigue.
Épilogue : texte prolongeant l'action pour exposer des faits postérieurs, en compléter, en élargir le sens et la portée.
Épique : relatif, propre à l'épopée, qui relate des actions héroïques.
Fiction : histoire telle qu'on peut la reconstituer dans l'ordre chronologique des événements.
Focalisation : on parle de focalisation zéro quand la perspective passe par le narrateur, et de focalisation interne quand la perspective passe par un personnage.
Hyperbole : figure de style qui met en relief une idée par le choix d'une expression qui la déborde et l'exagère.
Indice : signe qui indique une probabilité, permet une hypothèse.
Intrigue : ensemble des éléments qui constituent l'action, le cœur d'un roman, d'une pièce de théâtre.
Leurre : artifice qui permet de tromper quelqu'un, de l'abuser.
Lexique : ensemble des mots employés par une personne ou un groupe.
Locution : groupe de mots fixé par l'usage.
Manichéisme : conception dualiste du bien et du mal, radicalement opposés.

Métaphore : comparaison sans terme comparatif.
Misérabiliste : se dit d'un auteur qui insiste sur les aspects les plus misérables de la vie sociale dans ses descriptions.
Narration : mise en scène ou mise en texte de la fiction.
Onomatopée : mot créé pour suggérer, imiter la réalité dénommée, au moyen d'un effet de sonorités.
Parodie : imitation comique, caricature.
Pastiche : imitation de la manière, du style d'un écrivain par appropriation, par exercice de style ou dans une intention parodique.
Poncif : thème ou expression littéraire dénuée d'originalité, banale, cliché.
Poujadiste : adepte des idées de Pierre Poujade, animateur d'un mouvement de commerçants et d'artisans dans les années cinquante, mouvement symbolique des craintes d'une petite bougeoisie devant toutes les formes de la « modernité ».

Bibliographie de Thierry Jonquet

Aux Éditions Gallimard

Dans la collection « Série Noire »
La bête et la belle
Mygale
Le manoir des immortelles
Les orpailleurs
La vie de ma mère!
Moloch

Dans la collection « Page Blanche »
Un enfant dans la guerre

Aux Éditions Actes Sud

Du passé faisons table rase

Aux Éditions Payot

Comedia

Aux Éditions Le Dilettante

Trente-sept annuités et demie

Aux Éditions Librio

Le pauvre nouveau est arrivé

Aux Éditions du Seuil

L'enfant de l'absente
Rouge c'est la vie

Aux Éditions Atalante

La Vigie

Bibliographie de Michel Besnier

Poésie
Un lièvre en son gîte, Éditions Folle avoine
Humeur vitrée, Éditions Folle avoine
La retraite aux flambeaux, Éditions Folle avoine
Le verlan des oiseaux, Éditions Motus

Romans
Le bateau de mariage, Éditions du Seuil
Clément chez les calmistes, Éditions du Seuil
Casser, Éditions du Seuil
La roseraie, Éditions Fayard

Orientations bibliographiques

Pour une première approche
Boileau-Narcejac, *Le roman policier*, Que sais-je ? 1975.

Michel Lebrun et Jean-Paul Schweighaeuser, *Le guide du polar*, Syros, 1987.
Lise Queffélec, *Le roman-feuilleton français au XIXe siècle*, Que sais-je ? 1989.

Pour des amateurs confirmés

Stefano Benvenuti, Gianni Rizzoni et Michel Lebrun, *Le roman criminel*, L'Atalante, 1982.
Jean-Noël Blanc, *Polarville*, Presses universitaires de Lyon, 1991.
Jean-Paul Colin, *Criminologies*, Canevas, 1995.
Josée Dupuy, *Le roman policier*, Larousse, 1974.
Francis Lacassin, *Mythologie du roman policier*, 10-18, 1974.
Alain Lacombe, *Le roman noir*, 10-18, 1975.
Marc Lits, *Pour lire le roman policier*, De Boeck-Duculot, 1989.
Claude Mesplède et Jean-Jacques Schleret, *S N, Voyage au bout de la Noire*, Futuropolis, 1982.
Claude Mesplède et Jean-Jacques Schleret, *Les auteurs de la Série Noire*, Joseph K, 1996.
Noël Arnaud, Francis Lacassin et Jean Tortel, (sous la direction de), *Entretiens sur la paralittérature*, Plon, 1970.
Revue *Littérature,* n° 49, février 1983 : « Le roman policier ».
Revue *Contre-Voix*, n° 2, automne 1995 : « Le polar français des années 90 ».
Revue *Les Temps modernes*, n° 595, août-septembre-octobre 1997 : « Le roman noir ».

TABLE DES MATIÈRES

Dans la même collection

Collège – Texte et dossier

L'art du discours (anthologie) (203)
La Bible (textes choisis) (73)
50 poèmes en prose (anthologie) (113)
La création du monde (anthologie) (163)
Dracula et compagnie (9 nouvelles) (162)
La farce de maître Pathelin (117)
Le ghetto de Varsovie (anthologie) (133)
Lettres de 14-18 (anthologie) (156)
Les mille et une nuits (textes choisis) (161)
Le plaisir de la lecture (anthologie) (184)
La poésie engagée (anthologie) (68)
La poésie lyrique (anthologie) (91)
Le roman de Renart (textes choisis) (114)
Rome (anthologie bilingue) (118)
Victor Hugo, une légende du 19e siècle (anthologie) (83)
25 fabliaux (74)
Voyage au pays des contes (anthologie) (172)
Homère, Virgile, Ovide – **L'Antiquité** (textes choisis) (16)
Alphonse Allais, Marcel Aymé, Eugène Ionesco – **3 nouvelles comiques** (195)
Guillaume Apollinaire – **Calligrammes** (107)
Marcel Aymé – **Les contes du chat perché** (contes choisis) (55)
Honoré de Balzac – **La maison du Chat-qui-Pelote** (134)
Honoré de Balzac – **La vendetta** (69)
Pierre-Marie Beaude – **La maison des Lointains** (142)
Robert Bober – **Quoi de neuf sur la guerre ?** (56)
Robert de Boron – **Merlin** (textes choisis) (164)
Évelyne Brisou-Pellen – **Le fantôme de maître Guillemin** (18)
Alejo Carpentier, Yukio Mishima, Ray Bradbury – **3 nouvelles étrangères** (196)
Blaise Cendrars – **L'or** (135)
Jules César – **La guerre des Gaules** (192)
Raymond Chandler – **Sur un air de navaja** (136)
Chrétien de Troyes – **Le chevalier au lion** (65)
Arthur Conan Doyle – **Le chien des Baskerville** (75)

Pierre Corneille – **La place royale** (124)
Pierre Corneille – **Le Cid** (7)
Jean-Louis Curtis, Harry Harrison, Kit Reed – **3 nouvelles de l'an 2000** (43)
Didier Daeninckx, Chantal Pelletier, Jean-Bernard Pouy – **3 nouvelles noires** (194)
Didier Daeninckx – **Meurtres pour mémoire** (35)
Roald Dahl – **Escadrille 80** (105)
Alphonse Daudet – **Lettres de mon moulin** (42)
Michel Déon – **Thomas et l'infini** (103)
Régine Detambel – **Les contes d'Apothicaire** (2)
André Dhôtel – **Un adieu, mille adieux** (111)
François Dimberton, Dominique Hé – **Coup de théâtre sur le Nil** (41)
Alexandre Dumas – **La femme au collier de velours** (57)
Georges Feydeau – **Feu la mère de Madame** (47)
Émile Gaboriau – **Le petit vieux des Batignolles** (80)
Romain Gary – **La vie devant soi** (102)
Théophile Gautier – **Le roman de la momie** (157)
William Golding – **Sa Majesté des Mouches** (97)
Victor Hugo – **L'intervention** (119)
Franz Kafka – **La métamorphose** (128)
Eugène Labiche – **Un chapeau de paille d'Italie** (17)
Jean de La Fontaine – **Fables** (choix de fables) (52)
J.M.G. Le Clézio – **Pawana** (112)
Gaston Leroux – **Le cœur cambriolé** (115)
Virginie Lou – **Un papillon dans la peau** (166)
Marie de France – **Lais** (146)
Marivaux – **Arlequin poli par l'amour** et **La surprise de l'amour** (152)
Guy de Maupassant – **13 histoires vraies** (44)
Prosper Mérimée et *Théophile Gautier* – **Carmen** et **Militona** (158)
Prosper Mérimée – **Mateo Falcone** et **La Vénus d'Ille** (76)
Molière – **George Dandin** (87)
Molière – **L'Avare** (66)
Molière – **Le bourgeois gentilhomme** (33)
Molière – **Le malade imaginaire** (110)
Molière – **Le médecin malgré lui** (3)
Molière – **Les femmes savantes** (34)

Lycée – Texte et dossier

Pratiques oulipiennes (anthologie) (147)
Le satirique (registre)(93)
Le tragique (registre) (96)
3 questions de dramaturgie (anthologie) (129)
Abbé Prévost – **Manon Lescaut** (159)
Guillaume Apollinaire – **Alcools** (21)
Louis Aragon – **Le paysan de Paris** (137)
Honoré de Balzac – **Ferragus** (10)
Honoré de Balzac – **Mémoires de deux jeunes mariées** (100)
Honoré de Balzac – **Le père Goriot** (59)
Honoré de Balzac, Théophile Gautier, Alfred de Musset – **Le peintre et son modèle** (173)
Jules Barbey d'Aurevilly – **3 diaboliques** (155)
Jules Barbey d'Aurevilly – **Le chevalier des Touches** (22)
Charles Baudelaire – **Les Fleurs du Mal** (38)
Charles Baudelaire – **Le spleen de Paris** (64)
Beaumarchais – **Le mariage de Figaro** (28)
Béroul – **Tristan et Yseut** (mythe) (63)
Albert Camus – **Le premier homme** (160)
Emmanuel Carrère – **L'Adversaire** (120)
François-René de Chateaubriand – **Les aventures du dernier Abencerage** (170)
Chrétien de Troyes – **Perceval ou Le Conte du Graal** (125)
Pierre Corneille – **L'illusion comique** (45)
Dai Sijie – **Balzac et la petite tailleuse chinoise** (167)
Robert Desnos – **Corps et biens** (153)
Denis Diderot – **Jacques le fataliste et son maître** (149)
Denis Diderot – **Supplément au voyage de Bougainville** (104)
Annie Ernaux – **Une femme** (88)
Fénelon – **Les Aventures de Télémaque** (116)
Gustave Flaubert – **Un cœur simple** (58)
Jérôme Garcin – **La chute de cheval** (145)
Théophile Gautier – **Contes fantastiques** (36)
Jean Genet – **Les bonnes** (121)
André Gide – **La porte étroite** (50)
André Gide, Catherine Pozzi, Jules Renard – **3 journaux intimes** (186)
Jean Giono – **Un roi sans divertissement** (126)

Lycée – En perspective

NOTES

Pour plus d'informations :

http://www.gallimard.fr

ou

La bibliothèque Gallimard

5, rue Sébastien-Bottin — 75328 Paris Cedex 07

Cet ouvrage a été composé
et mis en pages par In Folio à Paris,
achevé d'imprimer
sur les presses de l'imprimerie Novoprint
en octobre 2008.
Imprimé en Espagne.

Dépôt légal : octobre 2008
1er dépôt légal : août 1998
ISBN 978-2-07-040533-6